U0111682

大展好書 ✕ 好書大展

大展好書 ✕ 好書大展

語文特輯 21

# 虛擬實境英語速成

## Scenes of English Conversation

留美碩士

王嘉明　編著

大展出版社有限公司

　　學了多年英語，對多數人而言，仍有說不出口和聽不懂的遺憾，這是多數人心中永遠的痛。國內的英語教學數十年偏重讀、寫、文法的英語學習方法，養成多數學生會讀、會寫，卻說不出口和聽不懂。筆者曾留學美國，也同多數留學生一樣經歷慘痛語言學習困境。雖然通過托福考試的測驗，初期在課堂上，對於英語聽講仍是沈重的壓力。其實想要學會開口說英語，對於日常生活會話的溝通並不難，但是想要說得字正腔圓，有深度可就不容易，並非一朝一夕一蹴而成。語言是溝通的工具，最重要的是要說出來別人聽得懂，別人講你也聽得懂。像幼稚園的小朋友，雖然不會讀書、寫字，但是都可以說流利的國語。由此可見說英語也一樣並不難，只要方法正確，國中程度便可說流利英語。

　　本書乃根據筆者旅美期間日常生活中實際親身經歷所記錄整理以及參考美式會話叢書所編著。承蒙發行人蔡森明先生協助出版，以及杏友會副會長，前杏林製藥公司，一統藥品股份有限公司總經理李聰明先生協助校對，在此特別致謝。語言是溝通工具，人人可以學會，但是長久以來由於國內英語教育偏重「考試英語」，而忽略了日常生活上實際英語會話溝通的重要性，以致於對多數學生而言，學英語是為應付考試，學會英語而不能實際應用於日常生活當中實在可惜。筆者並非語言專家，著書只是想鼓勵大家說英語並不難，並將英語溶入於日常生活當中，並

喚起大家對學英語、說英語的興趣與信心。本書的出版雖經仔細斧正，疏漏之處仍恐難免，仍請不吝指正。

王 嘉 明

1998. 9. 28.

目　　　　錄

第一章　速成學會說英語...................................... 9

第二章　本書學習方法說明........................ 23

第三章　Checking in at an Airport................ 25
　　　　機場辦理登機手續

第四章　On Board.......................................... 29
　　　　飛機上，飛行途中

第五章　Port of Entry.................................... 35
　　　　入境，抵達目的地

第六章　Renting a Car .................................. 41
　　　　租車

第七章　Staying at Hotel.............................. 45
　　　　住旅館

第八章　Greeting........................................... 49
　　　　問候，打招呼

第九章　Opening an Account at a Bank ........ 53
　　　　銀行開戶

第 十 章　Cash the Traveler's Check at a Bank. 57
　　　　　兌換旅行支票

第十一章　On Campus........................ 61
　　　　　校園生活

第十二章　Making Appointments with
　　　　　Foreign Student Advisor ............. 67
　　　　　約見外籍學生顧問

第十三章　Making Presentations.................. 73
　　　　　簡報，發表會

第十四章　Renting a House........................ 79
　　　　　租房子

第十五章　Making Telephone Calls .............. 85
　　　　　打電話

第十六章　Asking for Directions.................. 91
　　　　　問　路

第十七章　Fast Food Store ......................... 95
　　　　　速食店

第十八章　In a Restaurant ......................... 101
　　　　　餐廳用餐

第十九章　Pay Bill.................................. 107
　　　　　付　帳

第 二 十 章　At Bus Terminal ......................111
汽車總站

第二十一章　At a Gas Station ..................... 115
加油站

第二十二章　At the Barber Shop................. 119
理髮店

第二十三章　Go Shopping .......................... 123
逛街購物

第二十四章　Ask for Returning the Item .... 129
要求退貨

第二十五章　At Pharmacy.......................... 131
藥局配藥

第二十六章　At Clinic............................... 137
診所看病

第二十七章　At the Post Office.................. 143
到郵局

第二十八章　On Business .......................... 147
拓展業務，接洽業務

第二十九章　Sightseeing Tour .................... 151
觀光旅遊

第 三 十 章　The Weather Forecast............. 155
　　　　　　氣象預報

第三十一章　Marking Reservations for
　　　　　　a Plane................................. 159
　　　　　　確認機位，回國前確認機位

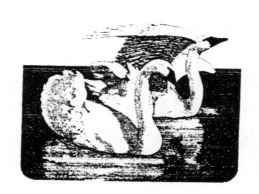

# 第一章 速成學會說英語

## I 學會開口說英語不難

　　台灣即將成為亞太營運中心，國際間交流頻繁，網際網路流行，英語更成為國際間廣用語言。但對多數人而言，學了多年英語，仍說不出口和聽不懂是多數人心中永遠的痛。其實想要短期學會開口說英語並不難，但是要說得字正腔圓，有深度可就不容易。所以學習語言應該把心態調整，至少要說得正確，但不一定非得像外國人一樣字正腔圓不可，否則你永遠不敢開口。語言是溝通的工具，最重要的是要說出來別人聽得懂，別人講你也聽得懂。像幼稚園的小朋友雖不會讀書寫字，但是都可以說流利的國語。由此可見說英語也一樣並不難，只要方法正確，國中程度便可說流利英語。

　　由於美式英語風行全球，本書也以美式英語會話學習為主。讀者若能掌握以下幾項學習要領，必能事半功倍，輕鬆學會開口說英語。

## II 英語速成學習要領

### ㈠活用簡單動詞的多種用途：

　　動詞是英文句子的靈魂，能活用動詞，就能活用英文。口語化的英語，愈簡單愈好，其實只要能活用簡單的動詞，便可應付日常生活中的會話，甚至國中程度便可說流

利的英語。因此只要學會基本動詞的許多含意和用法，便容易開口說英語。例如do, let, have, get, give, take……等基本動詞，連國中生都懂，但又對多數人而言，卻往往捨近求遠，而忽略了它的功能，會話時往往只想到一切艱深難懂的字，而無法開口說英語，實在可惜。

① 〔have〕動詞的多種用法：

〔註1〕當有，

　　　　a. I have a book.
　　　　　　我有一本書。

　　　　b. I have a house in the country.
　　　　　　我在鄉下有一幢房子。

〔註2〕當取得，獲得

　　　　a. May I have a cup of coke?
　　　　　　我可以要一杯可樂嗎?

　　　　b. May I have this one?
　　　　　　我可以取用這個嗎?

〔註3〕與不定詞to連用，當必須。即have to表示must

　　　　a. Do you have to do this?
　　　　　　你必須要這麼做嗎?

　　　　b. You don't have to go.
　　　　　　你不須要去。

〔註4〕使，令。當使役動詞

　　　　a. Please have him shut the door.
　　　　　　請他把門關上。

　　　　b. I must have my hair cut.
　　　　　　我必須要剪髮了。

〔註5〕表經驗
    a. Have a nice day.
      寒暄時祝福語,日安。
    b. Have a nice trip.
      旅途愉快。

②get動詞的多種用法:
〔註1〕得到,獲得(vt.)
    Where do you get this book?
    你在那裡拿到這本書?
〔註2〕使,令,用法同使役動詞
    I am going to get(have)my hair cut.
    我正要去剪頭髮。
〔註3〕當瞭解;明白
    I don't get what you mean.
    我不明白你的意思。
〔註4〕說服;催促
    You should get your friend to help you.
〔註5〕當放;置;移動
    a. I can't get all these books into the bag.
      我不能把所有的書都放進袋子裡。
    b.Try to get(=remove)these things out of the way.
      設法把這些東西都移開。
〔註6〕當逐漸,同become
    a. The weather is getting quite warm.
      天氣逐漸變熱了。
    b. He is getting old.

他逐漸變老了。

〔註7〕抵達，到達

    a. We'll soon get to Boston.

      我們很快就到波士頓。

    b. I'll tell you when we get 42 street.

      當我們到達42街時我會告訴你。

## ㈡學說不同方式的英語表達

　　說英語的目的，要是與外國人士達到溝通的目的，你說的英語別人聽得懂，別人說的英語，你也能了解。因此口語化的英語，應該是如同平時我們說國語一樣，儘量以最簡潔的方式表達，避免用艱深懂的字。說得舌頭都打結，聽的人也迷糊。由於英語的表達方式有各種不同的方式，同樣的一句話可能有多種不同的表達方式，而意思卻是一樣的。你可以最簡單而最容易表達的方式來說，不必拘泥於非用某個單字，或某種文法方式不可。

　　例如「我知道了」、「我明白了」、「我了解」，英語怎麼說？

例(1)「我明白了，我了解」

    1. I see.

    2. I know.

    3. I understand.

    4. I know what you mean.

    5. I've got it.

    6. I've got the point.

    7. I've got the picture.

這麼簡單的中文，竟有這麼多的英語表達方式，你會

大吃一驚吧！

例(2)「你開我玩笑」

    1. You put me on.

    2. You're kidding me.

    3. You're pulling my leg.

例(3)「John 不用功讀書而跑去看電影」

    1. John didn't study, he went to the movies.

    2. Instead of studying John went to the movies.

例(4)他雖窮，但他很誠實

    1. He is poor, but he is honest.

    2. Although he is poor, he is honest.

    3. He is poor, yet he is honest.

    4. Despite the fact that he is poor, he is honest.

## ㈢學好正確發音──注意重音和語調的重要性

在學習英語過程中，我們會發現聽和說英語是最困難的部份。當我們閱讀時，縱使再困難的字，文法我們都有辦法解決，因為我們有充裕的時間，永久性的資料可以隨心所欲的查，但是人的聲音是稍縱即逝，因此英語聽力加重學習者的負擔。同樣的，不正確的發音也會影響聽力的能力，所謂失之毫釐，差之千里。

學好正確發音，並不是一定非得要說得同外國人一樣字正腔圓不可，最重要的是要說得正確，說得清楚明白，讓別人聽得懂。我們說話的長篇大論都是由一個單字、片語、短句，一點一滴所累積組成。因此要把話說清楚，每一個單字的發音就變得重要，除了音標以外更要注意重音的位置，因為重音不對發音便有失之毫釐，差之千里，增

加學習的困難。

## ①英語重音的重要性

　　英文字重音位置大致不是在第一音節，就是在第二音節，而第三音節的字較少，較容易發生錯音。重音不對會影響每個字正確的發音，導致別人誤解，影響溝通，產生困難。所以要發音正確，必須注意每個單字的發音。

　　重音在第三音節常見的字

舉例：cashier〔kæ'ʃir〕出納員

　　　shampoo〔ʃæm'pu〕洗髮精

　　　employee〔ɪmplɔ'ii〕職員，被雇員工

　　　volunteer〔vɔlən'tiɔ〕自願者，義工

　　　recommend〔rekeme'nd〕推薦

　　　millionaire〔miljənɛ'ə〕百萬富翁

　　　guarantee〔gærənti;〕保證

　　要使自已發音正確，平常要多練習基本的發音。特別注意s，ө，v，r，l 等的發音。由於美式英語風行全球，國內一般人所聽到的，講的英語也是以美式英語為主，所以務必學好KK音標的發音。

## ②英語語調的重要性

　　說英語時，語調的不同，有時在意義上即有很大的差別。而且語調的高低起伏讓句子說得更生動。英語語調的高低起伏，如同中文的抑、揚、頓、挫，讓說話更深動。

　　如果只是平調的說英語，那一定會很boring.

　　例(1)：Excuse me.

　　註：對不起，借過（每天都得說上數拾次）

但是如果是像

例(2)：Ex—cuse me！

註：即有對別人發出不客氣的態度。如有人對你口出惡言或挑釁，較不客氣說法。

你說什麼！

你再說一次，你有種再說說看。

**英語語調（intonation）的表達方式有些是有規則可循的：**

①一般在句子中是直述句，祈使句，感嘆句時等通常為下降調。

例1. It is a ↘nice day.

今天是好天氣。

2. ↘Come here.

到這裡來。

3. Give me a ↘hand.

請幫忙一下。

4. What a beautiful ↘flower it is！

多麼美麗的花呀！

②在句子中，如果所要表達的尚未完結時，用上升調，而所表達者為完結時，則用下降調。

例：There are ↗Monday,↗Tuesday,↗Wednesday, and↘ Sunday.

③用疑問詞而形成的疑問句，像what, who,通常用下降調。

例：1. Who wrote↘it？

誰寫的？

2. What is ↘this？

　　　　　這是什麼？

④如果是以yes或no回答的，疑問句，即不是以wh-起頭之
　問句，通常用上升調。

　　例：1. Do you like ↗it？
　　　　　你喜歡它嗎？

　　　　2. Is this book ↗yours？
　　　　　這書是你的嗎？
　　　　　No, it isn't ↘mine.
　　　　　不，它不是我的書。

　　　　3. Can you help ↗me？
　　　　　可以幫我一下嗎？

⑤如果句子像A or B？句型時，則為上升調及下降調。

　　例：Is this a↗book or a↘notebook？
　　　　這是一本書或筆記簿呢？

## ㈣認識基本句型一簡易文法應用

　　　　欲說英語與外國人溝通時，表達的方法除了單字，片
語，短句以及能表達完整意思的句子外，再加上肢體語言
，溝通不會有太大問題。因此學會說英語並不難，但是如
果想把英語學得完美無缺，字正腔圓，像外國人一樣，是
種不切實際的期望，反而因此讓問題變得更嚴重，讓你更
不敢開口。試想我們每天說國語，但是除了少數播音員或
主持人外，也不是每一人都說得字正腔圓的。

　　　　說英語時如果想表達完整的意思，當然完整的句子最
好，但是往往我們學了太多文法，反而影響到開口說英語
，每當說英語時常常會想到文法是否正確。太複雜的文法
固然對說英語有負面作用，但是基本的文法應用，卻能讓

你說英語更能得心應手。

　其實只要學會國中程度基本文法，應付日常生活會話足足有餘。了解英語的基本句型對英語會話也有很大的幫助。

## I　基本句型(Basic sentence patterns)

　　一般來說，英語句子依述語動詞性質，可分為五種基本句型，基本句型（Basic Sentence Patterns），不管句子有多長，修飾語有多少，都可以把它簡化成如下句型，而一目了然。

### (1)第一種句型（s+v）
　[註]：S＝主詞，V＝動詞，C＝補語，O＝受詞
　例1. Birds sing. 鳥唱歌
　　　　 S　　V

### (2)第二種句型（S+V+C）
　例1. Birds　can　fly　high. 鳥能飛得很高
　　　　 S　　　　 V　　C

　　2. He　is　a　teacher. 他是老師
　　　　 S　 V　　　　C

### (3)第三種句型（S+V+O）
　例1. Barbar's　car　needs　new　tires.
　　　　　　　　　 S　　 V　　　　　O
　　巴巴拉的車子須要新輪胎。

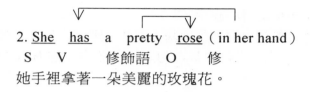

2. <u>She</u>　<u>has</u>　a　pretty　<u>rose</u>（in her hand）
　　S　　V　　　修飾語　O　　修

她手裡拿著一朵美麗的玫瑰花。

## （4）第四種句型（S＋V＋O＋O）

1. <u>He</u>　<u>gave</u>　<u>me</u>　the　<u>book.</u>
　　S　　V　　O　　　　O

他給我這本書

2. <u>She teaches me English.</u>
　　S　　V　　O　　O

她教我英文。

## （5）第五種句型（S＋V＋O＋C）

1. <u>He made me happy.</u>
　　S　　V　　O　　O

他使我快樂。

## II　複句結構（complex structure）

　　說話時或演講時，往往是由好多單字、片語，句子組成，如果是兩個以上的句子形成的複句，而有相互間的關係，這種複句結構的關鍵字往往會決定了句子的意義和功能，因此在會話時要特別注意。此種關鍵字像 but,despite 表示「相反」的意見。

　　常見的幾種關鍵字及意義：

(1)表示相反意見——關鍵字像but, yet, although, despite, 表達反對觀念最常見的句型，像是〔but＋子句〕

例：他雖窮，但他很誠實。

　1. He is poor, but he is honest.

　2. Although he is poor, he is honest.

　3. He is poor, yet he is honest.

　4. Despite the fact that he is poor, he is honest.

(2)表示時間順序時——關鍵字像before, after, while, when, and……

　1. I would like to go shopping before we go home.
　　回家之前我想要去逛街。

　2. After he goes, we shall eat.
　　他走了以後，我們就要吃飯。

　3. Please be quiet while I am talking to you.
　　當我正和你說話時，請安靜。

(3)表示因果關係時——表原因的關鍵字像because, since表結果或目的關鍵字像so。

　1. Because he was sick, he couldn't go to school .
　　因為他生病，無法到學校。

　2. Since he was sick, he couldn't go to school.
　　因為他生病，無法到學校。

　3. He was sick, so he couldn't go to school.
　　他生病，所以無法到學校。

(4)表示假設語氣時——常常在說話時，表示假定，想像願望等非事實的觀念。表示現在可能的，會去做或

者過去要做而沒有做。

　　假設語氣通常是用if來表示，通常會有兩個句子，一個由if介紹的副詞子句，一個則是主要子句。主要子句必須有一個助動詞（shall, will, may, can）等，然後再用原形動詞。

　1.表示與現在的事實相反的假設，想像或願望：

　　a. If I were rich, I would buy a car.
　　　假如我富有，我會買一部汽車（事實上我並不富有，也買不起汽車）

　　b. If I were a bird, I could fly.
　　　假如我是一隻鳥，我就能飛。（事實上我不是鳥，我不能飛）

　2.與過去的事實相反的假設，想像或願望：

　　a. If it had not rained yesterday, he might have come.
　　　假如昨天沒有下雨，他也許會來。
　　　（但是昨天下雨了，所以他沒來）。

　　b. If he had worked hard, he would have passed his test.
　　　假如他努力用功，他已經通過考試了。
　　　（事實上他不曾努力用功，所以也沒有考試）

　3.表示未來可能發生，但不確定的事情。

　　a. If I have money, I will buy a car.
　　　如果我有錢，我會買一輛車。
　　　（表示可能發生的事，如果我有錢，我會去買車。）

　　b. If you work hard, you will succeed.

如果你努力用功，你會成功的。

## (5)表示比較結構

形容詞的比較可分為三級：

1.同級比較

例：Phillip is as big as Bill.

Phillip 同bill一樣大。

2.比較級

a. Phillip is bigger than Bill.

Phillip比Bill大

b.This flower is more beautiful than that.

這朵花比那朵美麗。

3.最高比較級

a.John is the tallest of the three.

John是三個人當中身材最高的。

b.This is the most beautiful flower in the garden.

這是花園裡最美麗的花。

### ㈤多聽多講多練習

想要快速學會說英語，其實並不難，但是要說得字正腔圓，有深度可就沒有那麼容易。必須持續不斷的長期練習。想要學會隨口說英語，會話時只要不太離譜，不要太在意文法，不要害怕錯誤，多開口練習。縱使發音不是很好，也要大聲說出。在國內平時可每日看英文中國日報（China News）和收聽台北國際社區電台（I、C、R、T）節目或CNN電視台，電視影集，以及國內空中英語教學節目，對於會話時，聽力的增進會有很大的幫助。

　　會話時即使無人可練習，亦可自己朗讀英語會話書籍，可隨書本大聲朗讀，並記住常用句型，反覆練習，對開口說英語將有莫大的助益。

# 第二章　本書學習方法說明

　　本書根據實際情況，模擬各種會話實況，從出國搭機，觀光留學，到順利回國可能遭遇到的各種實況。筆者根據親身經驗以及參考實際情況所模擬的會話，並加以異國文化背景以及文化差異的相關知識說明，讓讀者有身歷其境，快速溶入英語國家境界。讓您從出國搭機那一刻起，到出國留學、旅遊觀光、商務考查、回國確認機位等，有身歷其境一帆風順的感受。

　　本書每一章分成四段重點，方便學習

　　1.**虛擬實境會話**——模擬真實會話情況，讓讀者能事先有所了解，預知可能遭遇的對話。

　　2.**背景實況說明**——就實際情況以及相關背景知識詳細說明，讓讀者獲得相關背景資訊，而有助於對英語國家背景的了解。

　　3.**常用句型練習**——針對常用重要句型方便背誦與練習。許多日常用語，是平時常用而且固定，如能背誦下來，對於開口說英語有很大的幫助。

　　4.**常用相關用語**——列舉相關用語，方便查詢，達到舉一反三效果。

　　學會說英語主要是希望與外國人士能夠溝通，因此對於日常生活中有關英語習慣的用法以及背景知識能夠了解，對於短期學會說英語會有很大的幫助。

　　如果學習語言的教材能讓學習者產生興趣，而且實用，才會引起興趣，學習效果才會事半功倍。所以本書主要

根據美式英語日常生活會話中所模擬編寫，希望讓讀者能
溶入實際日常生活會話中，而有身歷其境的感覺，從而提
高學習的興趣。如果能背下常用句型，對於說英語更有很
大的幫助。

# 第三章　Checking in at an airport
## 機場辦理登機手續

## I〔虛擬實境會話〕

Dialogue

| | |
|---|---|
| Passenger： | Excuse me, I'd like to check in for Northwest flight number 008 to New York City. |
| Clerk　： | yes, sir. May I see your passport and ticket, please？ |
| Passenger： | Sure, here you are. |
| Clerk　： | Thank you ,Smoking or no-smoking？ |
| Passenger： | No-smoking, and I'd like an aisle seat, please. |
| Clerk　： | Okay, you are all set. Gate No.14. |
| Passenger： | Thank you. Have a good day. |

〔註解〕1. check in　機場辦理登機手續。

2. May I see your passport and ticket, please？

請讓我核對護照和機票一下好嗎？

（辦理登機手續時必須查驗護照和機票，所以應隨身攜帶）

3. Have a good day.

日安，寒暄時，或平常祝福語。

4. all set.做好了，完成了。即all ready, finish之意。

5. aisle seat 指飛機靠走道的座位
   window seat靠窗口的座位

## 會話實況

旅客：對不起，我想辦理西北航空第008號班機往紐約的
　　　登機手續。
職員：是的，先生。請讓我核對護照和機票一下好嗎？
旅客：好的，在這裡。
職員：謝謝，抽菸或不抽菸呢？
旅客：不抽菸，請給我靠走道的座位。
職員：好的，手續辦好了。第14號登機門。
旅客：謝謝。祝愉快。

# II〔背景實況說明〕

　　隨著經濟發展，國人生活富裕，出國機會大為增加，
不論是出國留學、觀光旅遊或移民、商務考察，出國坐飛
機總是讓人既緊張又興奮。

　　出國時應於班機起飛前二小時，攜帶大小行李及機票
，護照至機場航空公司櫃台辦理搭機手續（check-in）及
領取登機卡（Boarding Card）以及繳交機場稅捐。並特別
牢記飛機班次以及登機門號（Gate number），以免一時疏
忽誤了班機。出國搭機時在自己國家辦理登機手續（Check
in ）時只要會中文就萬事ＯＫ沒問題，但是到國外時則
須特別留意，事先問清楚，以免誤了行程。

# III〔常用句型練習〕

1. Here you are
   在這裡。

2. I'd like to check in for Northwest flight No 008 to New York City.
   我想要辦理西北航空第008號班機往紐約的登機手續。

3. I'd like a window seat.
   我想要靠窗戶的座位。

4. I'd like an aisle seat.
   我想要靠走道的位置。

5. When's the next flight to Boston?
   下一班到波士頓的班機是幾點?

6. What's the flight number?
   飛機班次多少?

7. I'll see you off at the airport.
   我會到機場給你送行。

8. Have a nice trip.
   祝旅途愉快。

# IV〔常用相關用語〕

1. Check in          辦理登機手續
2. flight number     飛機班次
3. boarding card     登機卡
4. gate number       登機門
5. departure time    起飛時間
6. take off          起飛

7. economy class　　經濟艙

8. Dynasty class　　豪華艙

9. baggages　　　　行李

10. first class　　　頭等艙

11. flight time　　　飛行時間

12. arrival time　　　抵達時間

13. window seat　　　靠窗戶座位

　　　　　　　　（起飛時可以瀏覽機外景色）

14. Aisle seat　　　　靠走道位置

　　　　　　　　（長途飛行時，比較方便出入不受干擾）

15. Round trip ticket.　來回票

16. one way ticket　　單程票

# 第四章　On board
## 飛機上，飛行途中

## Ⅰ〔虛擬實境會話〕

Airplane Announcements

## 1. Before take off

Good morning, Ladies and Gentlemen：

On behalf of Northwest Airlines, We welcome you aboard flight No 008 from Taipei to San Francisco. We will be taking off in a few seconds. Please make sure that your seat belt is fastened, and all our crew are please to be seat. Thank you.

〔註解〕1. on behalf of　謹代表……
　　　　2. take off　片語，指飛機起飛
　　　　3. crew　組員，一群共同工作的人，機組人員。

### 飛機上的廣播—飛機起飛時

在飛機起飛時，可能會聽到機長對旅客的廣播：
早安，各位女士，先生：
僅代表西北航空公司，歡迎各位搭乘008號班次從台

北直飛舊金山班機。我們的班機即將起飛，請繫好您的安
全帶。我們的組員也請就座，謝謝。

## 2. After take-off

> Ladies and Gentlemen：
> We will be serving lunch （或breakfast, dinner,
> snack）very soon. passengers are kindly requested to
> return to their seats.
> Thank you.

〔註解〕：1.serve供應，侍候，長途飛行時，機上會供應
早餐、午餐、晚餐、點心等等。

### 飛行途中廣播

　　各位女士，先生：
　　我們即將供應午餐（早餐、晚餐、點心），請各位旅
客回到自己座位。謝謝合作。

## 3.passing through turbulent air

> Ladies and Gentlemen：
> We will be passing through turbulent air. please
> remain seated and see that your seat belts are fastened.
> Thank you.

〔註解〕：turbulent air

　亂流，有時天空雖晴空萬里，但突遇亂流，飛機搖盪厲害，很危險，務必繫好安全帶。

## 飛行途中突遇亂流時的廣播

各位女士，先生：

　我們即將通過亂流區，請回原位坐好，並請繫好安全帶。謝謝。

## 4.Before landing (Approaching)

Ladies and Gentlemen:

We are now approaching Chicago International Airport in 20 minutes. The local time is 3:50PM and the ground temperature is 7℃ degree (or 44.6 degree Fahrenheit.)

Captain John and the member of our crew hope that you have enjoyed your flight and will fly with Northwest Airlines again soon. Now would you please fasten your seat belts and refrain from smoking. Thank you.

〔註解〕：1.approach 行近，接近，到達
　　　　　2.refrain from 禁止，制止
　　　　　3.captain機長
　　　　　4.Ground temperature地面溫度

### 飛機降落前

各位女士，先生：

　　我們大約再二十分鐘即將抵達芝加哥國際機場。當地時間是下午三點五十分，地面溫度是攝氏七度（華氏四十四點六度）機長約翰和組員祝你飛行愉快並歡迎不久能再度光臨西北航空。現在請您繫好安全帶並禁止吸菸。謝謝。

## II〔背景實況說明〕

　　登機後空中小姐（stewardess）會引導您到座位上，飛機上一般分為頭等艙和經濟艙兩種，不必爭先恐後。就座以後應立即繫好安全帶（seat belt）。座位頂上架子內只能放外衣，帽子或較輕物品，手提箱等較重物品應放在座位底下。隨時注意聽廣播及指示燈號誌。飛行途中無事不宜走來走去，以免突然遇上亂流受傷。

　　飛行途中空中小姐會發給您入境國登記表格以及海關申報單，要儘早利用時間填好隨同護照入境簽證摺頁放在一起，以便抵達入境國家時給當地移民局官員檢查。目前國內飛往國外班機，除了英語、國語外，說「台語」嗎也通。

## III〔常用句型練習〕

1. What would you like to have for lunch? Pork or beef?
   午餐你想要什麼？豬肉餐或牛肉餐（註：空中小姐詢問旅客用語）
2. Would you like something to drink?
   你要喝些什麼嗎？（空中小姐有時會詢問旅客）

3. Just give me soft drink, please!
　請給我飲料好了。

4. I would like to have a coke (orange juice, cocktail).
　我想要一杯可樂（柳橙汁，雞尾酒）

5. May I have an extra blanket?
　我可以多要一條毛毯嗎？

6. Do you have any current magazines?
　你有任何近期的雜誌嗎？

7. Could I have a cup of coffee?
　可以給我一杯咖啡嗎？

8. May I keep this menu as a souvenir?
　我可以保留菜單當紀念品嗎？

9. Fasten your seat belt while seated.
　當坐下時請繫好安全帶。

10. Crew be seated for landing.
　機組人員請坐好準備降落。

# IV〔常用相關用語〕

1. first class　　　　頭等艙
2. economy class　　經濟艙
3. Lavatory　　　　　機上廁所，洗手間
4. occupy　　　　　　使用中（廁所）
5. Vacant　　　　　　空的，無人使用
6. pork　　　　　　　豬肉
7. chicken　　　　　　雞肉
8. beef　　　　　　　牛肉
9. noodle　　　　　　麵條

10. cocktail            雞尾酒

11. earphone          耳機

12. Flight attendant     空服員

13. Life vest under your seat
    救生背心在您座位底下。

# 第五章 Port of entry
## 入境，抵達目的地

## I〔虛擬實境會話〕

### 1. At the Immigration Counter

Immigration officer: Show me your Customs Declaration form and passport, please.

Passenger : Yes sir, Here you are.

Immigration officer: How long are you going to stay in this country?

Passenger : I'll stay here for two weeks.

Immigration officer: Where do you live in this country?

Passenger : I'll stay at Hilton Hotel.

Immigration officer: Okay, What's your purpose to visit here?

Passenger : I'm going to attend International conference here.

Immigration officer: All right, you are all set.

Passenger : Thank you.

〔註解〕: 1. Customs declaration form 海關申報單

## 移民局櫃台前

移民局官員：請出示海關申報單和護照。
旅客　　　：是的，在這裡。
移民局官員：你在本國要停留多久？
旅客　　　：我大約停留兩星期。
移民局官員：你將會住在那裡？
旅客　　　：我會投宿在希爾頓飯店。
移民局官員：好的，你拜訪這裡的主要目的是什麼？
旅客　　　：我即將要參加一項國際性會議。
移民局官員：好的，你手續完成了。
旅客　　　：謝謝你。

## 2. At the Customs Counter

Customs officer: Do you have any thing to declare?
Passenger　　 : No, I have nothing to declare.
　　　　　　　　(or I have only two bottles of rum to
　　　　　　　　declare.)
Customs officer: Please open this small suitcase for me.
　　　　　　　　Okay, give this form to the official at the
　　　　　　　　red desk.
Passenger　　 : Thank you.

〔註解〕：1. declare詳報，申報。
　　　　　2.nothing to declare沒有什麼要申報的。

## 海關櫃台前

海關關員：你是否有申報的東西？

旅客　　：我沒有什麼要申報的。（或我只有兩瓶甜酒要申報）

海關關員：請打開這小皮包好嗎？（海關關員檢查行李）好的，把表格交給紅色桌子旁的官員。

旅客　　：謝謝你。

# II〔背景實況說明〕

　　搭機入境國外，抵達目的地後，在下機前應先查自己隨身攜帶的行李，不要忘了放在頂端架子裡的隨身行李。參加旅行團有導遊可以隨行照顧，只要聽從導遊的安排就一切OK。如果是自助旅行或自己商務考察、洽公者，則應注意檢查。

　　歐美國家有些機場很大，從下機走到海關有一段很長距離，旅客應依循前進方向指示入境（Entry）。如果是要轉機（Transit），進入候機室時要注意過境旅客前進的方向，而且要將機場發給你的轉機卡（Transit card）保管好，等再登機時再交給服務人員。如果一時疏忽而迷失方向也不要太驚慌，因為航空公司服務人員也會注意服務過境轉機旅客。

　　到達當地海關，面對移民局官員，只要態度自然，不帶違禁品，都不會有問題。移民局官員問的問題通常是旅行目的，停留時間，停留地點等。

　　通關後先到大廳行李區（Luggage claim area）提領自己的行李，再到海關檢查站出關。

〔註解〕1. Immigration counter移民局櫃台

主要是檢查旅客passport，詢問旅遊目的。

2. Customs counter海關櫃台

主要檢查旅客所攜帶行李，是否有危禁品。

離開機場時應注意以下三點事項：

1.校對入境國家當地時間。

2.視需要酌量兌換當地國家錢幣，以備不時之須。

3.與有關航空公司機場櫃台確認（confirm）下一站機票。

# III〔常用句型練習〕

1. How long are you going to stay in this country?

你要在本國停留多久時間？（移民局官員常詢問旅客用語）

2. I'll stay here for two weeks.

我大約停留兩星期。

3. What's your purpose to visit here?

你拜訪這裡的主要目的是什麼？

4. I'm going to attend international conference.

我是來參加一項國際性會議。

5. I'm here on business.

我是來接洽業務的。

6. I'm here for sightseeing.

我是來觀光的。

7. I'm going to study here.

我要在這裡留學。

8. Do you have anything to declare?
　你有什麼須要申報的嗎？
9. I have nothing to declare.
　我沒什麼申報的。

# IV〔常用相關用語〕

1. Passport　　　　　　　　　　護照
2. souvenir　　　　　　　　　　紀念品
3. visa　　　　　　　　　　　　簽證
4. transit　　　　　　　　　　　過境
5. customs declaration form　　海關申報單
6. customs　　　　　　　　　　海關
7. immigration officer　　　　　移民局官員
8. duty-free　　　　　　　　　　免稅品
9. luggage claim area　　　　　　行李提領區
〔註〕英國稱luggage，美國稱Baggage現似乎已通用。
10. sightseeing　　　　　　　　觀光
11. on business　　　　　　　　商務
12. international conference　　　國際會議
13. baggage claim area　　　　　行李提領區

# 第六章 Renting a Car
## 租 車

## I 〔虛擬實境會話〕

### Dialogue

| | |
|---|---|
| Manager | ：May I help you? |
| Customer | ：Yes, I'd like to rent a car for a week. |
| Manager | ：Yes, Did you call in advance? |
| Customer | ：No, I didn't. I just arrived in the city. |
| Manager | ：Well, all that we have available right now is Mercurier. |
| Customer | ：It'll be fine. How much will it cost per day? |
| Manager | ：Fifty dollars per day. There's no limit on mileage. I need to see your driver's licences and a major credit. |
| Customer | ：Here my bank credit card, will that do? |
| Manager | ：That's fine. |

〔註解〕：1. in advance 事先，預先

2. credit card 信用卡。現在信用卡已經非常普遍，在國外租車一般須要有信用卡及護照，以及國際駕照。

## 會話實況

經理：我可以效勞嗎？

顧客：是的，我想要租用車子一星期。

經理：是的，你有事先打電話預約嗎？

顧客：沒有，我剛抵達市區。

經理：嗯，我們現在只有 Mecuries 的車子。

顧客：好的沒關係，一天算多少錢呢？

經理：每天50美元，里程數沒有限制，我須要看你的駕駛
　　　執照和信用卡。

顧客：這是我的銀行信用卡，可以嗎？

經理：可以的。

# II〔背景實況說明〕

　　美國地區幅員遼闊，公路交通網十分發達，汽車是最
重要的交通工具。美國地區租車業相當發達，租車公司遍
佈全國各大都市，如Avis，Hertz等。對工商界人士或留
學生抵達機場後即可租到車子非常方便，只要自備一份當
地地圖，即可任你遨遊，當然三、四個人合租一輛是最經
濟實惠的方式。但是在國外租車，開車也應注意行車速度
以及安全，萬一不幸發生違警或意外也要冷靜的聽由當地
警察處理，切忌當場大吵大鬧。

　　同時租車前應注意以下幾點事項：

　　1.注意租金的算法，車子本身租金有分按天數、週數
或按月計算等。

　　2.里程租金以起租至還車時里程數為準。

　　3.燃料費須自付。

　　4.辦理租車手續時最好以保全險為宜。

　　5.租車單副本或收據應妥為保管，以備結帳或發生意外時辦理交涉的依據。

# III〔常用句型練習〕

1. How much it costs per day to rent a car？
   租車一天多少錢？

2. I would like to rent a car for one week.
   我想要租車一星期。

3. What's the rate for this car？
   這車子的租車費率如何算？

4. What's the charge per day？
   每日租車費多少？

5. Do I have to pay for the gas？
   我還另需付汽油費嗎？

6. What kinds of special package do you have？
   請問有特別套餐式的服務嗎？

7. What's your drop-off charge？
   另外地點交車的租車費怎麼算法？

8. How much for insurance？
   保險費多少？

9. Well, I'll take a Ford.
   好吧，我要福特車。

# IV〔常用相關用語〕

1. Rent-a-car　　　　　　　　　租車

|     |                                   |                              |
|-----|-----------------------------------|------------------------------|
| 2.  | Compact                           | 小車（指1300～1500cc車子）     |
| 3.  | mid-size car                      | 中型車（指2000～3000cc車子）   |
| 4.  | full-size luxury car              | 大型豪華轎車                  |
| 5.  | driver's license                  | 汽車駕照                      |
| 6.  | international driving license      | 國際駕照                      |
| 7.  | Buckle up                         | 繫好安全帶                    |
| 8.  | Limousine                         | 小型客車                      |
| 9.  | Automatic shift                   | 自動排擋                      |
| 10. | station wagon                     | 旅行車，休旅車                |
| 11. | sports car                        | 跑車                          |
| 12. | Automobile                        | 汽車                          |
| 13. | Sedan                             | 轎車                          |
| 14. | Vehicle                           | 車輛                          |

# 第七章 Staying at Hotels
## 住旅館

## I〔虛擬實境會話〕

### Dialogue

| | |
|---|---|
| Clerk | : Did you call us in advance? |
| Man | : Yes, I made a reservation two weeks ago. |
| Clerk | : what's your name again? |
| Man | : Tony Wang, The last name is Wang. W-A-N-G. |
| Clerk | : Well, I'm sorry. I can't find your reservation card. |
| Man | : Would you please check it again? |
| Clerk | : Oh, yes. I have it here. A single room for three days? |
| Man | : That's right. |
| Clerk | : May I have your I.D. please? |
| Man | : Here you are. |
| Clerk | : please sign here, sir. Your room number is 315, The porter will take your luggage to the room. |
| Man | : Thank you very much. |

〔註解〕：1. In advance 事先，預先

2. make a reservation 預訂房間，車票，機票等

3. I、D.即 Identification 身份證明。像身份證、

護照、駕照等。

## 會話實況

職員：你事先有打電話預約嗎？

旅客：是的，兩星期前已預訂過了。

職員：您貴姓，請再說一次？

旅客：湯尼王，我姓王，W－A－N－G。

職員：嗯，對不起，我找不到你的預約卡。

旅客：請你再查一下好嗎？

職員：啊！有了在這裡，單人房住三天。

旅客：是的。

職員：可以看一下你的身份證件嗎？

旅客：在這裡。

職員：先生，請在這裡簽字，你的房間是315號。服務員
　　　會把行李帶到你的房間。

旅客：非常謝謝。

# II〔背景實況說明〕

　　　目前國人流行自助旅行，出國旅遊除非你住的地方確
實已經有了安排，否則最好是事先寫信或打電話給旅館預
訂房間，以免到時流落街頭。假使已經訂妥而你又不能前
往，也應儘快通知旅館取消預訂，這是一種應有的禮貌。
目前國人流行自助旅行，二人即可成行，只要透過旅行社
代訂機票，有些航公司有包括機票，住宿的套餐式的旅遊
方式也很方便，免除找住宿的麻煩，還兼機場接送。

國外住宿旅館應注意以下事項：

1.現代化旅館房間的設備，逐漸以電腦服務取代，房間的Key也以電腦卡取代，插入房門才可以開門，進入房間後再把電腦卡插入插座開取電源即可。

2.在國外付小費是很平常的事，一般是帳單的10％～15％不管是在餐廳用餐或坐計程車等。飯店住宿早上離開時旅客通常會把要給的小費放在枕頭下或桌櫃上，各國情況不同，事先詢問清楚或請教導遊。

## III〔常用句型練習〕

1. I made a reservation two weeks ago.
   我兩星期前已經預約了。
2. I'd like a room for two days, please.
   我想要住兩天的房間。
3. May I have an extra cot, please?
   我可以另外加張小床嗎？
[註]cot是指住飯店時，有時有小孩或增加人數時要求飯店加的小活動床。
4. I want to check out, please.
   我要辦理退房。

## IV〔常用相關用語〕

1. lobby　　　　　　大廳，飯店大廳
2. reception desk　　接待處
3. information desk　服務台
4. Cashier　　　　　出納
5. Check in　　　　　住宿旅館時辦理登記手續
6. Check out　　　　付帳退房離開手續

7. single room 　　　單人房
8. double room 　　　雙人房
9. twin room 　　　　大的雙人床房間
10. room service 　　客房服務

# 第八章　Greeting
## 問候，打招呼

## Ⅰ〔虛擬實境會話〕

Dialogue Ⅰ

> Mary：Hi, Bob. How're you doing?
> Bob　：Really fine. How about yourself?
> Mary：Could be better, but not bad.
> Bob　：Mm m. That's good.

### 會話實況 Ⅰ

瑪莉：嗨，鮑伯，近來好嗎？
鮑伯：很好，那你自己呢？
瑪莉：應該更好，還不錯。
鮑伯：嗯，那太好了。

Dialogue Ⅱ

> Jane：Hi, Sam. How's everything?
> Sam：Great to see you, Jane.
> Jane：I hear you got a new job with Babson Machines.
> Sam：Yeah, It's true. I was really lucky. I started about six
> 　　　months ago, How's your work.

> Jane：Ah, about the same as always.

## 會話實況 II

珍妮：嗨，山姆，近況好嗎？

山姆：珍妮，很高興見到你。

珍妮：我聽說你找到 Babson 機械廠的新工作。

山姆：是啊，這是事實。我真的很幸運，我六個月前開始
　　　，你的工作如何？

珍妮：啊，還不是和往常一樣。

# II〔背景實況說明〕

　　入境隨俗，留學、旅遊、觀光時如能溶入當地國家的
風土民情，才能深入體驗。不拘小節和易於交朋友是一般
美國人的典型性格，碰上熟人總要打個招呼，「你好嗎？
」「近況如何！」台灣人的習慣是「今天天氣不錯呀！」「
吃飯了沒？」一般問候語，打招呼是一種禮貌，並一定要
真正回答。但是回答時也有許多不同的用語，如以上所說
明的。

# III〔常用問候句型練習〕

　　美國人常用的問候語，不外乎以下幾種，其實意義大
同小異。

1. How are you !
   你好嗎！
2. How're you doing ?
   你好嗎？近況如何？

〔註〕可以回答 pretty good 很好呀！

或 not bad 還不錯。

3. What's new？

近況好嗎？

〔註〕可以回答 not bad 還不錯

或 not much 還好

4. What's up？

最近還好嗎？

〔註〕照字面是「上面是什麼？」其實本問候語是「怎樣？」「有什麼不一樣的事嗎？」之意思。可以回答 not too much。或 nothing much。

5. What's cooking？

近來好嗎？

6. What're you up to？

＝What are you doing right now？

正在忙些什麼嗎？

7. How have you been？

近況好嗎？

8. How's everything？

一切還好吧？

9. Great to see you.

很高興見到你。

10.別人對你說聲謝謝，Thank you 時回答用語也有以下幾種可用

a. You are welcome.

b. No problem.

c. Don't mention it.

d. Never mind.

e. Not at all.

f. That's OK.

g. Sure　（應該）

〔註〕俗語，certainly 當然地，不客氣，沒關係。

# IV〔與朋友分別時說「再見」的常用語〕

1. Good-bye

2. Bye-bye

3. So long

4. Take care

5. Take it easy

6. See you then

7. See you again

8. See you around.

# 第九章　Opening an Account at a Bank
# 銀行開戶

## I 〔虛擬實境會話〕

Bank teller：May I help you?

Customer　：Well, I'd like to open an account.

Bank teller：Okay, We offer savings accounts and Checking accounts.

Customer　：Which one is more convenient?

Bank teller：Well, The money you deposit in a savings account will earn interest. you can withdraw your money from your savings account in cash or in the form of a bank check.

A checking account will enable you to have money available when you need it, to have it in a secure form and to send it through the mail. You will find that checks are the easiest way to pay the rent, the telephone bill and many other expense.

Customer　：Well, I'd like to open an checking account.

Bank teller：Alright, if you just fill out the form and make a deposit, we'll open an checking account for you.

Customer　：Okay, Thank you very much.

〔註解〕：1. Bank teller.銀行行員，如出納等
　　　　　2. deposit 存入
　　　　　3. withdraw 提出
　　　　　4. fill out the form 填寫表格
　　　　　5. open an account 開戶頭
　　　　　6. earn interest 賺利息

## 會話實況

銀行職員：有何需要效勞的嗎？

顧　　客：是的，我想在銀行辦理開戶。

銀行職員：好的，我們有提供儲蓄存款帳戶和支票存款帳戶兩種。

顧　　客：那一種比較方便？

銀行職員：把錢存在儲蓄存款帳戶，可以賺取利息。而且隨時可以提取現金或銀行支票。

　　　　　支票存款帳戶當須要時可隨時取款，安全且又可郵寄。你會發現付房租、電話費和付許多的費用時，支票是最簡單的方法。

顧　　客：好吧，我要辦理支票存款帳戶。

銀行職員：好的，請填好此表格和繳押金，我馬上為你辦支票存款帳戶。

顧　　客：好的，非常謝謝。

# II〔背景實況說明〕

　　美國的銀行多如牛毛，競爭激烈，服務良好。有些所謂的National Bank並非真正的國家公營的銀行，只是其具有全國性服務而已。想在美國銀行開戶，除非移民，一般

非移民（no-immigration）如學生 F -1 簽證，以往須有社會安全福利號碼（Social Security number），現在只要有護照（passport）和學校證明即可開戶。留學生出國留學，好不容易才籌足鉅額旅費，當抵達入境國家後應趕緊到銀行辦理開戶。把帶來的錢，最好立即存入銀行，不要放太多現金在身邊或住宿公寓，以免遺失遺憾終身，二來可以滋生利息。

一般銀行都有三種帳戶

1. Saving accounts（儲蓄存款帳戶）將錢存入後，銀行會給你一本存摺（passbook），每三個月結算一次利息，假如須要用錢亦可憑存摺填寫一張提款單（withdrawal slip）就可提款。

2. Checking accounts（支票存款），存錢之後，可以得到支票簿，付水電費、房租時可以使用。

3. Now accounts(綜合存款)——一種提供支票存款和儲蓄款服務，即你可以使用支票，也有利息可得，但必須有最低存款在銀行，情況各銀行有別。

# III〔常用句型練習〕

1. I'd like to open an account.
   我想要辦理開戶。

2. I would like to deposit some money.
   我想要把錢存入。

3. I'd like to cash a check.
   我想兌現支票。

4. I'd like to withdraw a hundred dollars.
   我要提一百元美金。

# IV〔常用相關用語〕

1. bank teller　　　　　銀行行員
2. cash　　　　　　　　現金
3. change　　　　　　　零錢
4. check　　　　　　　　支票
5. checking account　　支票存款帳戶
6. deposit　　　　　　　存入，押金
7. interest　　　　　　　利息
8. interest rate　　　　存款利率
9. money order　　　　匯票
10. passbook　　　　　　存款簿
11. loan　　　　　　　　貸款
12. savings account　　儲蓄存款帳戶
13. withdraw　　　　　　提款
14. current deposit　　活期存款
15. fixed deposit　　　定期存款

# 第十章　Cash the traveler's check at Bank
## 兌換旅行支票

## Ⅰ〔虛擬實境會話〕

| | |
|---|---|
| Bank teller ： | May I help you? |
| Customer　 ： | I'd like to cash this traveler's check, please. |
| Bank teller ： | Fine, just make it out to "cash". |
| Customer　 ： | Okay. |
| Bank teller ： | May I see your passport, please? |
| Customer　 ： | Sure, here you are. |
| Bank teller ： | We need your signature, Would you sign here, please. |
| Customer　 ： | Okay. |
| Bank teller ： | Alright, you are all set. How would you like the money? |
| Customer　 ： | Hundred in ten dollar Bills, Thank you. |

〔註解〕1.make out
　　　　　指寫支票，帳目等，make it out to "cash."
　　　　　即寫提領現金即可。
　　　　2.signature 簽字，簽名
　　　　3.all set 指完成，做好了，同 finish.
　　　　4.Bank teller 指銀行櫃台員，出納員。

## 會話實況

銀行櫃台員：有什麼可以效勞的嗎？
顧客　　　：我想在這裡兌換旅行支票。
銀行櫃台員：好的，請寫提領現金即可。
顧客　　　：沒問題。
銀行櫃台員：請給我看一下您的護照好嗎？
顧客　　　：當然的，這就是。
銀行櫃台員：我們需要你的簽名，請簽這裡。
顧客　　　：好的。
銀行櫃台員：好了，你手續辦完了。你要多少面額的錢呢？
顧客　　　：一百元的換十元小鈔，謝謝。

## II〔背景實況說明〕

　　國人出國機會增多，國外旅遊時，不要隨身攜帶太多現金以免遺失。以美國為例常以信用卡或支票交易為主。私人的支票在一個城市可使用，在另外的城市就不一定被接受。所以旅遊時最好是帶旅行支票（traveler's check），旅行支票可在當地銀行購買，只要隨身攜帶身份證明，每一地方皆可使用，既安全又方便。但切記將支票號碼記錄下來和支票分開，以免遺失或被偷時可掛失止付。現在信用卡盛行，幾乎人人一卡在手。雖然一卡在手，通行無止，但也造成很大的後遺症，很多人在刷卡時，只是一時衝動而購買消費，結果到月底結帳時，才發現數目驚人的帳單，後悔不已。

# III〔常用句型練習〕

1. I would like to cash a traveler's check, please.
   我想要兌換旅行支票。

2. We need your signature.
   我們須要您的簽名。

3. I have an account here.
   我在這裡有帳號。

4. I would like some change.
   我需要一些零錢。

# IV〔常用相關用語〕

1. cash a check 兌現支票
2. signature 簽名
3. I.D 身份證明（Identification Card）
4. U、S、currency 美金
5. metal coins 錢幣、銅版
6. paper currency 紙幣
7. money exchange 兌換貨幣
8. To exchange foreign currency for dollars 兌換外幣

# 第十一章　On Campus
## 校園生活

## I 〔虛擬實境會話〕

### 1. Registering

> Student A：What subjects are you taking this quarter?
> Student B：I'm taking chemistry, Toxicology,
> 　　　　　Biochemistry, and Computer.
> Student A：That' quite a load.
> Student B：Yes, I know. It's going to be a lot of work, but
> 　　　　　it should be an interesting quarter.
> Student A：That's good.
> Student B：What are you taking this quarter?
> Student A：French, Biology and chemistry. I like the
> 　　　　　French and Biology Instructors, But
> 　　　　　chemistry professor is very dry and boring.

〔註解〕：1.quarter 季學期制

　　美國大學有的採 semester 制和 quarter 制兩種。semester 制與國內大學一樣，一年分春秋兩學期。一門課程每週上課三小時，一學期約十八週，學生學習完成給予三學分（units credit）。quarter 制是每一學年分春夏秋冬四個 quarter，每一 quarter 大約上課兩個多月，中間假期約一星期到

十天左右，課業很緊迫。

    2. quite a load.很大的負擔。

## 註冊，選課

學生Ａ：你這學期選什麼課？

學生Ｂ：我選修化學，毒物學，生化和電腦課。

學生Ａ：課業很重。

學生Ｂ：是啊，我將會有很多工作，但會是有趣的一個學期。

學生Ａ：那很好。

學生Ｂ：這學期你選什麼課？

學生Ａ：法文，生物和化學。我喜歡法文和生物老師，但化學教授就很無趣了。

## 2.In the classroom

| | |
|---|---|
| Joe | : I missed the class. Was there a handout? |
| Brown | : No, the instructor just wrote the assignment on the board. |
| Joe | : Could I copy the assignment from your notes? |
| Brown | : you could, If I had copied it all down; but I just wrote down the part that I wanted. |
| Joe | : Thank you, By the way, What type of term paper do instructor expect us to write? And when is the deadline? |
| Brown | : Instructor expected term paper should be typed, double spaced, and not less than 10 pages long, |

and We have to hand them in by the end of the
month.

Joe　：Thank you very much, Brown.

〔註解〕：1. miss 錯過，錯失之意
　　　　　2. handout 指講義，上課時老師發的摘要
　　　　　3. assignment 指定工作，作業，功課
　　　　　4. Instructor 大學講師，老師
　　　　　5. term paper 學期報告
　　　　　6. deadline 即 time limit 截止時間，期限
　　　　　7. hand in 交給，交出來。

## 在教室

裘　：我缺課了，是否有發講義？

布朗：沒有，講師只把作業寫在黑板上。

裘　：我可以借你的筆記抄一下嗎？

布朗：可以，如果我有記下所有作業的話，但我只抄下我
　　　需要那部份。

裘　：謝謝。順便問一下，講師要求我們寫什麼型式的學
　　　期報告，截止時間是什麼時候。

布朗：講師要求學期報告要打字，間隔空二行，不得少於
　　　十頁，而且我們必須要月底之前交出。

裘　：非常謝謝你，布朗。

## II〔背景實況說明〕

　　美國大學不像我國聯考制度，經過重重千挑百選的考
試，有些州依法律規定，高中畢業生只要有心唸，就可進

入大學。但有些知名度高，選擇性高的學校，招收研究生的方式標準很高，並非人人可以進入。一般而言美國學生學習風氣開放，可以很自由的選課及擬訂學習目標。美國社會也尊重那些有獨創意見或自己觀點的人。在學校上課，美國人鼓勵學生問問題，並表達不同的意見，甚至這意見與教授不同也被鼓勵。因此團體討論教學也是美國大學教授最樂於採取的教學方式。學生有自己的想法，意見表達，不一定與教授相同。如果你有有力的證明或佐證，可以據理力辯。這一點與我國國情稍有不同。一般台灣留學生在私下談話時可以雄辯滔滔，但在團體中時確怯於自我表達。

美國學制（The American Academic year）通常是從九月到五月底。大部份採 semester system 但也有採 quarter 制。老師成績的評分通常是以期中或期末交報告（papers）和考試（Test）為主。同時須特別注意，教授都希望學生的報告是用打字（papers to be typed），而不是手寫的（hand written）。

# III〔常用句型練習〕

1. What is you major？
   你主修課程是什麼？
2. I majored in Accounting？
   我主修會計。
3. I'll graduate from Boston university.
   我即將從波士頓大學畢業。
4. I have a Bachelor of Science degree.
   我獲得理學士學位。

5. Are you planning to live on campus？
   你準備要住校嗎？
6. Are you applying as a freshman or transfer？
   你申請當新鮮人或當轉學生？
7. When do you wish to begin your studies？
   你希望什麼時候開始入學？
8. I'm a graduate student of Northeastern university.
   我是東北大學研究生。
9. I have a Bachelor of Arts degree.
   我得到文學士學位。

# IV〔常用相關用語〕

1. Semester system 學期制
2. quarter system 一學年分四期制
3. Term paper 學期報告
4. Graduation ceremony 畢業典禮
5. Commencement 畢業典禮
6. Bachelor of Arts degree 文學士學位
7. Master of Science degree 理學碩士學位
8. Doctor of philosophy degree.（Ph.D.degree）博士學位
9. on campus 在校園
10. Dean 系主任
11. instructor 大學講師
12. faculty professor 全體教授
13. faculty 全體教職員、全體教授
14. studeut I.D.學生證
15. sticker 粘貼紙

16.social security number 美國社會安全福利號碼

17.undergraduate 大學部

18.graduate school 研究所

19.unit credit 學分

20.Registration 註冊（登記並繳學費）

21.sign up（註冊）

22.drop a course 退選課程

23.Quizzes 小考，不定時抽考

24.Aptitude test 性向測驗，評估某項專長。

25.qualifying exam 資格考試，測驗學生是否達到入學資格。像研究生的資格考試。

26.Orientation 新生訓練

27.interviews 面談

〔註〕美國大學入學前會讓準備入學新生，安排面談機會，由學生顧問，提供學生有關入學選修課程與活動的情形供參考。

28.Admission 入學許可

29.Academic calendar 學校行事曆

30.add courses 加選修課程

31.drop courses 退選課程

# 第十二章
## Making appointments with foreign student Advisor.
## 約見外籍學生顧問

## I 〔虛擬實境會話〕

### 1. Making appointments with foreign student Advisor

Secretary：Good morning, professor Brown office.
Student ：Hello, This is Ted wang, I'd like to make an appointment to see professor Brown.
Secretary：Okay, Let's see. He's available on Tuesday or Thursday.
Student ：Well, Thursday would be better for me.
Secretary：Morning or afternoon?
Student ：In the morning, If possible.
Secretary：How does 9:15 sound?
Student ：9:15 Thursday, That's fine. Thank you.

〔註解〕：1. make an appointment
電話預約
2. available 有空的，有效的，可利用的

## 約見外籍學生顧問

秘書：早安，布朗教授辦公室。
學生：喂，我是泰德‧王，我想預約會見布朗教授。
秘書：好的，讓我查一下，他星期二或星期四有空。
學生：星期四對我比較方便。
秘書：早上或下午呢？
學生：如果可能早上好了。
秘書：早上九點十五分如何？
學生：星期四早上九點十五分，太好了。謝謝。

## 2. Conversation between a student and an advisor

| | |
|---|---|
| Student : | Good morning Mr. Brown, I'm glad you were able to see me today. You must be getting tired of seeing my face around here. |
| Advisor : | Why, not at all, Ted. Don't be silly. What can I do for you this time? |
| Student : | Well, Same old things I guess. I'm thinking of switching majors again. |
| Advisor : | It's Okay, Though; don't worry about it. |
| Student : | But this is the third time. It's getting a little embarrassing. |
| Advisor : | Why? Why worry about a little thing like changing your field in engineering? |
| Student : | Well, I suppose it's just because I'm still not sure |

what I want. see? It's crazy?

Advisor：I don't think that's crazy at all, Ted.

Student：Well, I started out in electrical engineering, now I seem to be more and more interested in aspects of civil engineering.

Advisor：Well, I know the feeling. I wouldn't rush it. Wait a year. Learn some more about electricity. See how you feel. Then, if you still want to change your field, well, why not? you only live once!

〔註解〕：1.get tire of 厭倦，厭煩

2.not at all 一點也不

3.switch majors 轉系

　　switch 是指轉換；轉變

4.embarrassing 困窘，不好意思

5.electrical engineering 電機工程系

6.civil engineering 土木工程系

## 學生與外籍學生顧問對話

學生：早安，布朗先生。很高興今天你能見我。你一定很厭煩再見到我。

顧問：為什麼，一點也不。泰德，不要傻了。我能幫你什麼忙嗎？

學生：好吧！還不是老問題，我一直想轉系。

顧問：沒有關係，不要擔心。

學生：但這已是第三次，我覺得有些不好意思了。

顧問：為什麼？像轉系這樣的小事不值得擔憂的呢？

學生：我想正因為我一直沒有確定我想要，你看，是不是
　　　很瘋狂？

顧問：泰德，我一點也不認為你瘋狂。

學生：我開始是電子工程系，現在我似乎對土木工程系領
　　　域越來越有興趣。

顧問：我了解你的感受。不用急，等一年，先學習一些電
　　　子專務看看你的感覺，然後，假使你還是覺得要
　　　轉系，也沒什麼不可，必竟你只能活一次呀！

## II〔背景實況說明〕

　　到國外留學，抵達學校之後，第一個要見的人便是外
籍學生顧問，（foreign student Advisor），他的職務便是幫
助學生，你有任何困難儘管和他商量。由於美國社會注重
隱私權（privacy），與教授、學生顧問或朋友見面時，不
可興之所至即登門造訪，應事先以電話聯絡約定（making
appointments），徵得對方同意，約定時間拜訪，方不致失
禮，貿然即興式的拜訪是很不禮貌的。這點與國內習慣不
同應特別注意。國人常習慣隨興式的拜訪親朋好友，給對
方一個意外的驚喜固然不錯，但也往往造成對方的不便。
也許主人剛好要出遠門或有其他重要事要辦，又不好意思
拒絕您的拜訪，場面會很尷尬。所以想拜訪朋友、商務接
洽應養成事先電話預約的習慣。

## III〔常用句型練習〕

1. What can I do for you?
   有何貴事？

2. I would like to make an appointment to see professor

Brown.

我想約見布朗教授

3. I'm thinking of switching majors.

我一直想轉系。

4. Why not.

只要我喜歡沒有什麼不可以。

5. Don't worry about it.

不要擔心

6.you only live once

你只能活一次。(表示要好好珍惜)

# IV〔常相關用語〕

| | | |
|---|---|---|
| 1. Electrical Engineering | 電機工程系 |
| 2. Civil Engineering | 土木工程系 |
| 3. Computer science | 電腦科系 |
| 4. Nursing | 護理系 |
| 5. Pharmacy | 藥學系 |
| 6. Accounting | 會計系 |
| 7. MBA | 企管碩士 |
| 8. Journalism | 新聞學系 |
| 9. Chemistry | 化學系 |
| 10. Biochemistry | 生化學系 |
| 11. Physics | 物理系 |
| 12. Physical Therapy | 物理治療學系 |
| 13. Toxicology | 毒物學系 |
| 14. Management | 管理學系 |
| 15. Marketing | 行銷學系 |

# 第十三章 Making presentations
## 簡報，發表會

## I 〔虛擬實境會話〕

### 1. Greetings

Mr. Chairman, honorable guest, Ladies and Gentlemen, Good morning, It's great pleasure for me to share with you the honor of attending the 16 FAPA congress here.

My name is Tony Wang, and I come from Taiwan R.O.C, I'm glad to present my paper here, My Topic is "Community pharmacy in Taiwan".

### 2. Opening a presentation

In the first part of the report, I'm going to begin with a few general comments concerning the Taiwan Medical care environment recently, and then discuss in more detail specific issue which concerned community pharmacy, and How the National Health Insurance influence the future of pharmacist career?

The second part of this report is concerned with another large subject of between the National Health Insurance System and Community pharmacy.

I have also prepared a short slide presentation to give you a brief idea.

### 3. Main points

First of all, I would like to start with
Introduction,
Second,.....

### 4. Conclusion

Finally, I would like to make a conclusion with this presentation.

### 5. Closing Remarks

Okay, Ladies and Gentlemen, it has been my pleasure to give you this brief report on some aspects of community pharmacy in Taiwan.

Thank you for your attention.

### 6. Q & A

If you have any question, I would be happy to answer it. Thank you very much.

〔註〕1. First of all.首先

2.在Presentation時如果能井然有序的，依段落分明，串聯成一篇完整文章，聽眾必定印象深刻。

First of all.首先
Second其次，第二
Lastly最後
依序讓文章或演說有系統的講解。

## 1.開場白，問候語

　　　主席，各位貴賓，各位先生，女士，
早安，很高興能與你分享參加第十六屆亞洲藥學會的榮耀。我是湯尼王，來自中華民國台灣。很高興在此發表論文。

　　　我的題目是"台灣社區藥局現況"

## 2.內容簡介

　　　在第一部份的報告，我要說明最近有關台灣醫療環境的概況，然後再討論與社區藥局有關較細節專門主題，以及全民健保如何影響執業藥師的未來？

　　　報告第二部份要討論的是另外有關全民健保與社區藥局之間另外較大的主題。

　　　同時我也準備簡短的幻燈片，給你一個簡要的概念。

## 3.進入主題——演講部份的主要內容

　　　首先，我要從簡介談起

　　　其次……………………

## 4.結論——演講後所做的總結

　　　最後，我要為今天的簡報做結論。
　　　……………………………

## 5.結尾語

　　　好的，各位女士，先生，這是我的榮幸能向各位簡要報告台灣社區藥局發展的概要，謝謝你的傾聽。

## 6.問與答

　　如果你有任何問題提出我很樂意回答，謝謝你。

# II 〔背景實況說明〕

　　Presentation（簡報，發表會）一詞，現在已廣泛使用在學校報告討論或學術研討會的報告以及商業上廠商對客戶提出企劃案或報告說明會等。由於台灣國際化的腳步愈來愈快，國內人士使用英語作簡報的機會也愈來愈多。成功的簡報更能表現簡報者的能力，獲得教授的好評，或客戶的信任。

　　所以對於研究生或身為高級主管，對簡報的技巧應加以了解。

　　簡報時應注意的事項：

1.簡報以20分鐘為最適當－15分鐘簡報，5分鐘留給聽眾發問，增加雙向溝通機會。

2.演講時句子不要過份冗長－以英語作簡報時，句子要簡短有力，句子過長會讓人愈聽愈糊塗。

3.儘量以口語化的表達方式溝通－如果在講稿中處處使用艱深或類似報紙社論的文字，照稿子唸，常會給人生硬不自然的感覺。最好做成摘要，再依摘要詮釋，比較容易。

　　這裡只能摘要提供讀者簡單的注意事項，要深入體會則須參考專業叢書。

　　一般簡報時可依下列幾項目進行：

1.問候語或開場白

Greetings & Opening a presentation.

例如在經由主席介紹上台時可先說

Mr. Chairman, honorable guest, Ladies & Gentlemen, Good

morning.

在正式進入正題前可扼要說明簡報的內容與順序，幫助
聽眾了解你的大概內容。

例如：First of all（首先），Second,....

third...... Finally（Lastly）

2.提出問題，主題

Presentation of the problem

3. Argumentation and making comparisons
論證與比較事實

4.結論Conclusion

5.結尾語Closing Remarks.
（收場白）

6.問與答 Q & A
聽眾發問的雙向溝通。

# III〔常用句型練習〕

1. It is my pleasure to introduce the keynote speaker for
today.
我很高興來介紹今天的主講人。

2. It's a great pleasure for me to present my paper.
很榮幸在此發表我的報告。

3. I would like to introduce some brief concepts.
我將介紹一些重要觀念。

4. First of all
首先

5. Thank you for your kind attention
謝謝各位專心聆聽

6. A copy of this report will be handed out after this presentation.

書面報告在發表會後發給各位。

## IV〔常用相關用語〕

1. Presentation簡報，發表會
2. Slide幻燈片
3. OHP投影機
5. international congress國際會議
6. conference會議，記者會
7. Remark演說，演講，一般指冗長的演說，政策性，批評的，比較boring。
8. address演說。像總統就職演說
9. comments and discussion批評與討論
10. make a short address做簡短的演講
    make a short speech
11. symposium研討會
    像學術性研討論，指一特定主題的會議
12. convention會議，集會，指正式派代表出席的會議
13. meeting一般會議

# 第十四章　Renting a house
## 租房子

## I 〔虛擬實境會話〕

### Dialogue I

| | |
|---|---|
| Bob | : Excuse me, I just saw the sign outside, Do you still have the apartment for rent? |
| Landlord | : Yes I do. It's a two-bedroom apartment. |
| Bob | : How much is the rent? |
| Landlord | : Five-hundred dollars a month. |
| Bob | : Does that include utilities? |
| Landlord | : Yes, Sir. |
| Bob | : What about signing a lease? |
| Landlord | : We do require a year lease, We also require the first and last month's rent in advance, and there is a deposit of $200 in case any damage is done to the apartment. |
| Bob | : Could I see the room? |
| Landlord | : Sure, come this way, Please. |

〔註解〕：1. apartment for rent出租公寓

2. utility指公共設施，水電費。一般包括瓦斯、暖氣、水電費等。

public utility.

3. lease.合約，同contract
4. deposit保證金，押金。

## 會話實況 I

鮑伯：對不起，我看到外面的招牌，你們是否還有公寓出租？

房東：是的，兩臥房的公寓。

鮑伯：租金多少？

房東：每個月五佰元。

鮑伯：是否包括公用設施水電、瓦斯？

房東：是的，先生。

鮑伯：合約是怎麼簽法？

房東：我們必須至少簽一年合約，並且須要預付第一個月和最後一個月房租的保證金，這保證金是兩佰美元做為如果對公寓有任何損害時的保證。

鮑伯：我可以看看房間嗎？

房東：當然可以，這邊請。

## Dialogue II

| John | : good morning! |
|---|---|
| apartment manager | : good morning! May I help you? |
| John | : My family and I will be leaving on June 5. Is there anything we need to do to the apartment before we leave? |
| apartment manager | : If you want your hundred-dollar deposit back, you'll have to clean the stove and the refrigerator. Also, we ask that you vaccum carefully before leaving. |

〔註解〕：1. stove壁爐
　　　　　2. refrigerator電冰箱

## 會話實況 II

約翰　　　：早安！

公寓經理：早安！有什麼須要服務的呢？

約翰　　　：我和我家人六月五日退房離開，在離開之前有什麼要做的呢？

公寓經理：如果你要領回一百元押金，你必須把火爐和冰箱清理乾淨，同時我們也要求你把房間清除乾淨才能離開。

# II〔背景實況說明〕

　　一般而言，留學生花費在住的方面，佔生活費的一個相當可觀的數目。如果住的費用佔了整個生活費用預算的三分之一，那就花費太多了。但如果房租只佔生活費的六分之一，那麼住的地方有可能很遠、不方便或環境較差。

　　因此不論移民或出國留學，在國外要租一間安全、舒適又便宜的房子是很重要的。有些學校提供宿舍，但一般有時比校外租屋貴。在美國一些大城市像紐約，波士頓地區，房租昂貴而且不易找到，如果你決定要找一間公寓時，最好要問清楚取暖及水電設備是否包括在內，尤其是冬天下雪時冷得厲害。並且要注意是否包括傢俱的保養和修理的責任如何。

　　因此一般而言租屋前必須注意以下幾點事項：

1.公寓離學校有多遠？你租的房子可能便宜，但位置卻離學校很遠，冬天下雪時非常不方便。

2.你要租多少錢的房子？是否經濟能力負擔得起。如果太便宜也應考慮安全性。

3.你須要多大的空間？對學生一般而言2～3人合租一間公寓較為經濟，而且可以互相照應。缺點是對語言的學習有阻礙。

　　租屋在美國通常須簽一年的租約（lease），首次須先付清第一次房租及最後一次房租的保證金，如果想要搬走須一月前通知房東（landlord），無須再付最後一月的租金。簽約時應先細讀內容，徹底了解後才可簽約；一旦簽字便具有法律約束力。

# III〔常用句型練習〕

1. Do you have an apartment for rent？
   請問有公寓要出租嗎？

2. I'm interested in renting a one-bed-room apartment.
   我想要租一間單房公寓。

3. How much is the rent？
   房租多少錢？

4. What about signing a lease？
   怎麼簽合約？

5. Does the rent include utilities？
   租金是否包括水電費在內呢？

6. We don't allow any pet.
   不准飼養寵物。

7. We do require the first and last month's rent in advance.
   我們要求先繳第一個月和最後一個月的租金。

# IV〔常用相關用語〕

| | | |
|---|---|---|
| 1. apartment | 公寓 |
| 2. studio | 單房公寓 |
| 3. penthouse | 小閣樓 |
| 4. furniture | 傢俱 |
| 5. furnished apartment | 有附帶傢俱出租的公寓 |
| 6. landlord | 屋主，房東 |
| 7. bed room | 臥房 |
| 8. dining room | 飯廳 |
| 9. living room | 起居室，客廳 |
| 10. kitchen | 廚房 |
| 11. lease | 租約，契約 |
| 12. heating | 暖氣設備 |
| 13. utilities | 水電設備 |
| 14. furnishings | 傢俱 |
| 15. damage deposit | 損害押金 |
| 16. superintendent | 大廈管理員 |

# 第十五章　Making telephone calls
## 打電話

## I〔虛擬實境會話〕

### Dialogue I

Tom 　：Hello, Tom here.

Frank：Hello, Tom. It's Frank Evans.

Tom 　：I've been hoping you'd call. It's been over a week since we've talked, and I wanted to know how things were going, but I haven't been able to get in touch with you.

Frank：Sorry to bother you, Tom, I know you're busy, but I really wanted to know if you got my letter yet.

Tom 　：Sure, just got it today.

〔註解〕：1. get in touch with.與……某人聯繫。
　　　　　2. Sorry to bother you. 很抱歉打擾你。

### 會話實況 I

湯姆　　：喂，我是湯姆。

法蘭克：喂，湯姆，我是法蘭克。

湯姆　　：我希望你打電話給我。自從上次聊天已經有一星期了，我想知道事情進行得如何了，但我沒法聯絡上你。

法蘭克：很抱歉打擾你，湯姆，我知道你很忙。但我真的

想知道你是否接到我的信沒。

湯姆　：當然，今天剛收到。

## Dialogue II

Secretary：Hello, Johnson pharmaceutical company, May I help you?

Brown　：Hello, This is Brown, May I speak to Mr. Frank, Please.

Secretary：He's out right now, would you like to leave a message?

Brown　：It's Okay, When will he be back?

Secretary：I'm not sure, probably around six.

Brown　：Okay, Thank you. I'll call him back later.

〔註解〕：1. message消息，音信

leave a message即留言

## 會話實況 II

秘書：喂！強生製藥公司有何貴事？

布朗：喂，我是布朗，法蘭克先生在嗎？

秘書：他現在不在，你要留話嗎？

布朗：沒關係，他什麼時候會回來？

秘書：我不確定，大約六點左右。

布朗：好的，謝謝你。我晚些再打給他。

# II〔背景實況說明〕

現在資訊相當發達，通訊設施相當進步，天涯若比鄰，

打電話，國際電話都很方便。如果在國外城市，當地的電話可在任何電話亭撥通，不管是用硬幣或電話卡均可。而現在很多國家對於國際電話服務相當方便，在公共電話亭即可接通國際電話。

在美國打當地電話（Local call），只要拿起話筒，放進1角（one dime），等聽到嘟嘟（dial tone）時，即可開始撥號，國外打長途電話最經濟的方法當然是自己直接撥號。晚上或週末打國際長途電話是最經濟方便的（有折扣 discount）如果是住宿旅館須經過接線生（operator）接通，須加額外的服務費。先撥「0」告訴接線員，你所要撥的電話是collect calls 對方付帳或person-to-person calls叫人的電話，即特定要通話對象。

打電話已成為我們日常生活的一部份，不管是在國內或國外，一定要注意電話的禮貌，只要記住英語的電話用語，打電話時會很方便。

# III〔常用句型練習〕

1. Hello, May I speak to Bob, please？
   喂，我想找Bob說話。
2. Hello, Is Bob there？
   喂，Bob在嗎？
3. Hold on, please.
   請等一下。
4. Just a moment, please.
   請等一下。
5. One moment, please.
   請等一下。

6. Hello, This is Wang speaking.
   喂，我姓王。

7. The line was busy.
   電話線正講話中。

8. You have a wrong number.
   你打錯電話了。

9. The line was disconnected.
   電話打不通。

10. I dialed the right number, but nobody answered.
    我撥對號碼,但沒有人接。

11. Would you like to leave a message?
    請問要留話嗎？

12. Any message?
    要留話嗎。

13. Shall I have him call you?
    要我請他打電話給你嗎？

14. Who is calling?  I don't recognize your voice.
    你是那位？我聽不出你的聲音。

15. I've been hoping you'd call.
    我希望你打電話。

16. I haven't been able to get in touch with you.
    我不能聯絡上你。

17. I'll call you back later, Okay?
    我待會兒再打給你，好嗎？

18. Thank you for calling.
    謝謝你打電話來。

# Ⅳ常用相關用語

1. white page directory白皮書電話簿
   〔註〕美國電話服務白皮書電話薄，按字母順序排列地區、住戶姓名和電話號碼。
2. yellow pages directory黃皮書電話簿
   〔註〕在美國大城市黃皮書電話簿，包括電話號碼和商業地區性依服務性質分類，提供民眾許多的服務。
3. operator　　　　　　總機，接線生
4. phone booth　　　　 電話亭
5. pay phone　　　　　 公用電話
6. area code　　　　　 區域號碼
7. collect call　　　　 對方付費的電話
8. long-distance call　 長途電話

# 第十六章 Asking for directions
# 問 路

## I〔虛擬實境會話〕

### Dialogue I

Joe ：Excuse me, could you tell me how to get to the bus station from here?

Man ：Yes, walk down this street and turn left.

Joe ：And is it very far? I mean, how long does it take to walk there?

Man ：About fifteen minutes, if you walk fast.

Joe ：I see, Thank you very much.

Man ：sure.(or you are welcome)

〔註解〕：1. Could you tell me how to get to ＋＿＿＿？
　　　　　請告訴我到……怎麼走？
　　　　　是常用的問路句型。

　　　　2. walk down延著……走。

　　　　3. Sure。俗語Certainly。別人對你感激時，認為理所當然，應該。

### 實況會話 I

裘　：對不起，請問到公車站，怎麼走？

路人：是的，順著這條街走，再向左轉。

裴　：是不是很遠？我是說多久可走到那裡？
路人：如果走得快一點，大約十五分鐘。
裴　：知道了，非常謝謝你。
路人：應該的。（不客氣）

## Dialogue II

Tom：Excuse me, could you please tell me how to find a place where I can have my camera fixed? I'm new in town.

man：Well, of course, you can always look in the yellow pages in the back of the telephone book under camera repair, but I think there is a good shop not far from here. Take the first street to the left and walk about three blocks. It's near the police station. By the way, do you know about the Town Guide? It has all kinds of useful information. I think you will find it in any bookstore.

Tom：Thanks a lot. you're been very helpful. And I'll look for that Town Guide next time I'm in a bookstore. Let's see, you said the repair shop was three blocks on the right?

man：No, first street on the left, then three blocks.

Tom：Thanks again.

〔註解〕：1. block
　　　　在美國的城市兩條街間的距離稱block。
　　　　2. yellow pages
　　　　指黃皮電話簿
　　　　3. police station　警察局
　　　　4. Town Guide城市指引手冊

## 實況會話 II

湯姆：對不起，請問附近那裡可以找到修理照相機的地方？我剛到達本城市。

路人：好的，當然你可以在黃皮書電話簿背面內頁找到照相機修理店。但我想離這裡不遠有家好的店。走第一條街到左邊，再走三條街距離，接近警察局。順便提一下，你知道「城市指引手冊」這本書嗎？它提供很多有用的資訊，我想你可在任何書店找到它。

湯姆：很感謝，你幫忙很多了，下次到書店我會找「城市指引手冊」這本書。對了，你是說修理店是在右邊三條街的距離嗎？

路人：不是，左邊的第一條街，然後走三條街的距離。

湯姆：再次謝謝你。

# II〔背景實況說明〕

初到國外人地生疏，不要慌張，路在嘴邊，只要有禮貌向人問路，永遠不會迷路。如果是自助旅行者更要熟記問路句型。出國前對欲前往國家的城市，事先能詳加研讀，對當地文化，風土民情應有基本認識，旅途一定輕鬆愉快。不論是問路或請教別人都應禮貌誠懇以及注意安全。

# III〔常用句型練習〕

1. Excuse me,Could you please tell me how to get to＋
   1. the bus station？
   2. museum

3. supermarket

對不起，請問到車站怎麼走？（博物館）（超級市場）

此為問路必背句型

2. Go straight until you come to the stop light.

一直走，直到紅綠燈路口。

3. Turn to the left and go about three miles.

左轉再走三里路。

4. Go south for two blocks.

往南走二條街。

5. Do you know where I can get my watch fixed?

請問那裡有修理手錶？

6. There's a camera repairshop on the corner.

照相機修理店就在轉角。

# IV〔常用相關用語〕

1. Bus terminal　　　汽車總站
2. post office　　　郵局
3. museum　　　博物館
4. supermarket　　　超級市場
5. Bank　　　銀行
6. consulates　　　領事館
7. Aquarium　　　水族館
8. department store　百貨公司
9. Restaurant　　　餐廳
10. symphony hall　　交響樂音樂廳
11. subway station　　地下鐵車站
12. Hospital　　　醫院
13. Disco pub　　　迪斯可酒店
14. Hotel　　　旅館，飯店
15. Airport　　　機場

# 第十七章　Fast food store
## 速食店

## Ⅰ〔虛擬實境會話〕

### 1.At McDonald's

| | |
|---|---|
| Service man | ：May I help you? |
| Customer | ：Yes, could I have a Big Mac, French fries, and a medium coke (small, medium, Large） |
| Service man | ：Anything else? |
| Customer | ：No, that's it (That's all) |
| Service man | ：For here or to go? (Is it to go?) |
| Customer | ：To go. |
| Service man | ：Okay, That would be three dollars and twenty-seven cents. |
| Customer | ：Here you are. |
| Service man | ：Thank you, Here's your food. |

〔註解〕：1. medium coke指中杯可樂，small 小杯，Large 大杯

2. anything else？還要其他的嗎？

3. ᶠor here or to go？指在此用餐或帶走。

## 麥當勞速食店

服務員：歡迎光臨

顧客 ：是的，我要一份大漢堡，炸薯條和中杯可樂。（小
　　　　杯，中杯，大杯）
服務員：還要什麼嗎？
顧客 ：不用了，就這些。
服務員：好的，一共是三美元二十七分。
顧客 ：在這裡，給你吧！
服務員：在這裡用餐或帶走？
顧客 ：帶走。
服務員：謝謝，這是你的餐點。

## 2.Ordering breakfast

| | |
|---|---|
| Waiter | ：Good morning, May I help you? |
| Customer | ：Good morning, I'd like to order breakfast, please. |
| Waiter | ：All right, what'll you have? |
| Customer | ：I'd like one today special, please. |
| Waiter | ：How do you like your eggs? over-easy or sunny-side up? |
| Customer | ：over-easy, please. |
| Waiter | ：Do you take your coffee with cream? |
| Customer | ：Yes, and two sugar, please. |
| Waiter | ：Okay, Thank you, I'll be right back. |

〔註解〕：1.通常美式早餐special,包括兩片吐司Toast, home
　　　　　made potato, two eggs ,coffee或orange juice.
　　　　2. Over-easy指兩面都煎熟的蛋
　　　　3. sunny-side up只煎熟一面的荷包蛋，像太陽
　　　　　一樣。煎蛋的英語有幾種不同說法，scrambled

eggs 碎蛋，即煎成碎片的蛋，炒蛋。
4. I would like to order breakfast.
　我想要訂一份早餐。

## 點早餐

侍者：早安，歡迎光臨

顧客：早安，我要點一份早餐

侍者：好的，你想要什麼？

顧客：請給我一份今日特餐。

侍者：你要什麼樣的蛋？煎一面或兩面都煎的呢？

顧客：兩面都煎的荷包蛋。

侍者：咖啡要加奶精嗎？

顧客：是的，加兩顆糖。

侍者：好的，謝謝。馬上過來。

# II〔背景實況說明〕

　　入境隨俗，抵達國外，你不能指望每天吃芥蘭牛肉、官保雞丁等合我們口味的中餐。尤其是長期逗留國外的留學生，更是每日離不開漢堡，hamburger, pizza等的速食。久而久之也自然成習慣。目前國內速食餐飲興起，像麥當勞、漢堡王、肯德基、坡薩營等到處人山人海，尤其是新新人類逐漸喜好此種速食文化，既方便又快速，地方高貴不貴，與國外並無兩樣。

　　如果換個環境，你知道如何用英語點餐嗎？其實很簡單，不會英語用比的也可以通，但是熟悉點餐的習慣用語，則讓你到國外旅遊時，更方便自在。

# III〔常用句型練習〕

1. I would like to order breakfast.
   我想要訂一份早餐。
2. Could I have two cheeseburgers, please.
   請給我兩份吉士漢堡。
3. I'd like two cheeseburgers and a large french fries.
   我要兩份吉士漢堡和一包大薯條。
4. For here or to go？
   在這裡用餐或帶走（服務員常會問的話）
5. Is it to go？
   帶走嗎？
6. What do you want on it, ketchup or mustard？
   您要沾那一種配料，蕃茄醬或芥末醬呢？（服務員常會問的話）
7. Will this be eat in or take out？
   在這裡用餐或帶走？

# IV〔常用相關用語〕

1. Hamburger　　　　　　漢堡
2. fishburger　　　　　　魚漢堡
3. french fries　　　　　　炸薯條
4. coke　　　　　　　　　可樂（coca cola可口可樂）
5. orange juice　　　　　　橘子汁
6. Sunday Brunch
（註：指假日時Breakfast, lunch一起用餐時間，約從AM11:00～3:00PM叫Brunch）

7. hot dog　　　　　　　熱狗麵包

8. pizza　　　　　　　　義大利脆餅，披薩

9. ketchup　　　　　　　蕃茄醬

10. mustard　　　　　　　芥茉醬

11. onion　　　　　　　　洋蔥

12. ice cream　　　　　　冰淇淋

13. over-easy　　　　　　兩面煎熟的蛋

14. sunny side up　　　　煎熟一面的蛋

15. scrambled eggs　　　煎碎的蛋

# 第十八章 In a Restaurant
## 餐廳用餐

## I〔虛擬實境會話〕

Waiter ：please wait to be seated.
⋮
Waiter ：This way, please, sir.
Customer：Thank you.
⋮
Waiter ：Are you ready to order now?
Customer：yes, please. What's today special?
Waiter ：We have the Steak special, the Barbecu special and the Fish fry special.
Customer：Okay, I'll take the Steak special.
Waiter ：All right, How would you like your Steak done?
Customer：Medium, please.
Waiter ：You have a choice of potatoes. We have baked with cheese, and French fries.
Customer：Okay, I'll take baked.
Waiter ：With the special, you also get a salad, so what kind of dressing would you like?
Customer：Thousand Island, please.
Waiter ：What would you like to drink?
Customer：Well, A glass of red wine, please.

Waiter ：Thank you. I'll bring it right away.

〔註解〕：1. steak special 牛排特餐
　　　　　2. medium 牛排八分熟的
　　　　　　　well-done 全熟的
　　　　　　　rare 半生不熟的
　　　　　3. dressing 指沙拉的佐料，佐醬。

## 會話實況

侍者：請稍候帶位。
　　　　⋮
侍者：請這邊走，先生。
顧客：謝謝。
　　　　⋮
侍者：準備好要點菜了嗎？
顧客：是的，今天有什麼特餐嗎？
侍者：我們有牛排特餐，烤肉特餐和炸魚特餐。
顧客：好的，我要一客牛排特餐。
侍者：好的，你的牛排要幾分熟的呢？
顧客：八分熟的。
侍者：我們有起士烤馬鈴薯和炸薯條，你可任選一種。
顧客：好的，我要烤馬鈴薯。
侍者：點特餐，你可以附帶有一份沙拉，你喜歡加何種沙
　　　拉佐醬？
顧客：千島沙拉醬。
侍者：請問要喝什麼嗎？
顧客：給我一杯紅酒好了。

侍者：謝謝你，我馬上拿過來。

## II〔背景實況說明〕

　　在電視或電影影片我們常看到餐廳用餐的情形，實際上情形也是一樣。在國外到一些較正式或注重氣氛的高級餐廳用餐，有一定的餐廳禮儀，與一般的速食店，麥當勞快速服務不同，有些餐廳甚至須儀容整齊，才准進入，有些須事先預訂座位。到達餐廳時須稍候等待 waiter 帶位。不可貿然直接進入自己找座位。國內目前也有這種趨勢。像這些高級餐廳費用較高，吃頓全餐可能要收費 10 美元到 35 美元以上不等，而且要特別注意是餐廳用餐在美國一般是要給小費的，通常是帳單上的百分之十到十五。事先能了解餐廳禮儀，不大聲喧嚷，有禮貌，才是泱泱大國民應有的風度。尤其是台灣創造經濟奇蹟，國民富裕，出國旅行機會大增，更應注意。

　　西式餐飲使用刀、叉、湯匙與中式使用筷子全然不同。西餐的用餐過程有一定的方式，當然刀叉是少不了的。餐桌上用餐的禮儀一般是由上正菜前的開胃菜開始，再加上牛排或魚，海鮮烹煮的主菜，而以咖啡或茶結束的全套餐飲。

　　一般正式的西餐上菜的順序如下：

1.開胃菜（Appetizer），配以食前酒
2.其次是湯，同時還附有麵包，可同時喝湯或配合麵包吃。
3.第三道才是主菜、牛排或海鮮、魚同時可配合紅葡萄酒（肉）白葡萄酒（魚類，海鮮）食用。
4.再來是沙拉。
5.甜點（dessert）

6.水果

7.咖啡（coffee）或茶（Tea）結束全套餐飲。

　　一般西餐刀叉的使用方法是以最外兩側刀叉往內使用。左手的叉子可以換右手持叉取用食物。切牛排時，有人一小塊一小塊切開來吃，也有人是全部切完用叉子叉著吃。

　　麵包可用撕下來一口一口吃，切記不要大口大口的咬著吃。用餐畢記得應將刀叉並行擺在盤子的右下方。

# III〔常用句型練習〕

1. What do you recommend？
   你準備推薦什麼菜呢？

2. What's today special？
   今天的特餐是什麼？

3. Could I see the menu, please？
   我可以看一下菜單嗎？

4. Are you ready to order now？
   準備好要點菜了嗎？

5. May I take your order please？
   可以請你點菜了嗎？

6. Would you pass the sugar, please？
   請你把糖遞給我好嗎？

7. I'll take the steak special.
   我要點牛排特餐。

# IV〔常用相關用語〕

1. Buffet　　　　　　　　　　自助餐

2. steak special         牛排特餐
3. salad         沙拉
4. salad dressing         沙拉醬
5. beverages         飲料
6. wine         酒
7. ice cream         冰淇淋
8. cake         蛋糕
9. bread         麵包
10. butter         奶油
11. pepper salt         胡椒鹽
12. dessert         甜點
13. coffee         咖啡
14. Rare         半熟的，半生不熟
15. Medium         八分熟
16. Well done         熟的
17. menu         菜單
18. knife         刀子
19. fork         叉子
20. spoon         湯匙
21. plate         盤子，碟子
22. dish         碟子
23. napkin         餐巾
24. appetizer         開胃菜
25. main course         主菜

# 第十九章　Pay Bill
## 付　帳

## I 〔虛擬實境會話〕

| | |
|---|---|
| Joe | : I enjoyed my meal very much. |
| Peter | : Well, I'm glad you enjoyed it because I'm going to pay for this, waiter! |
| Waiter | : Yes, sir. would you like anything else? |
| Peter | : No, just the check (bill), please. |
| Waiter | : Uh... separate checks or all together? |
| Peter | : All together, of course. |
| Waiter | : Okay, I'll be right back. |

〔註解〕：(1)請客常用的說法

　　　　　 1. It's on me　我請客，算我的

　　　　　 2. Be my guest

　　　　　 3. It's my treat

　　　　　 4. Allow me, Okay.

　　　 (2) Check or bill　指飯館的帳單。

　　　 (3) Separate Checks 分開帳單，即分開算，歐美人士習慣各自付各的帳。

　　　　　 all together 算一起

## 會話實況

裘　　：我這一餐吃得真過癮。

彼得：好呀，我很高興你喜歡，因為我要請客，服務員？

侍者：是的，先生。還要點什麼嗎？

彼得：不用了，請把帳單拿來。

侍者：嗯……，分開算或一起算。

彼得：當然是一起算了。

侍者：好的，我馬上回來。

## II〔背景實況說明〕

　　在歐美國家，到高級餐廳用餐，不同於速食餐廳，是要享受生活，放鬆心情，是約會、商務洽談或與朋友見面時最佳選擇。

　　特別注意用餐畢時，請侍者把帳單（bill、check）拿到座位結帳，不必自己跑來跑去。與朋友、同事一起用餐，除非有特別聲明請客，歐美習慣一般都是各自付各的帳，不用不好意思。

　　國人習慣搶付帳，爭面子，弄得場面尷尬。各自付帳倒是個公平的好方法。留學生在美國，同學或朋友一同出遊用餐通常也是各付各的（go dutch）。

## III〔常用句型練習〕

1. I'll buy you a drink.
   我請你喝一杯。

2. I'll buy you lunch.
   我請你吃午餐

3. Be my guest.
   我請客。

4. It's my treat.
   我請客。

5. It's on me.
   算我的，我請客。

6. May I have the check, please？
   請把帳單拿來

7. Bill, please. （check）
   請拿帳單來，即付帳之意。
   〔註〕：餐廳的帳單，在美國稱 check,但有時也有用 Bill
   　　　現已通用。

8. Allow me,okay.
   讓我付帳好了。

9. Go Dutch.
   各自付帳。

10. Separate checks or all together.
    分開帳單或一起算。

# 第二十章 At Bus Terminal
## 汽車總站

## I 〔虛擬實境會話〕

### 1. Buying ticket

Passenger：I'd like one ticket to New York city, please.
Clerk　　：One way or round trip ticket?
Passenger：Round trip ticket, please.
Clerk　　：That would be fifty dollars, Check or cash?
Passenger：I'll pay cash, here you are.
Clerk　　：Thank you, Have a good day!
Passenger：You too.

〔註解〕：1. one way ticket 單程車票
　　　　　2. Round trip ticket 來回車票

**購　票**

旅客：請給我一張到紐約市的車票。
職員：單程票或來回車票。
旅客：請給我來回車票。
職員：一共是美金五十元，付現金或支票？
旅客：我付現金，給你。
職員：謝謝，祝愉快！
旅客：你也一樣。

## 2.Bus station announcement

Ladies and Gentlemen：

　　May I have your attention, please. The bus to Chicago is now ready for boarding at gate No.8. passengers, please come foward to the boarding area. Thank you.

　〔註解〕：1. May I have your attention, please.
　　　　　　　各位旅客請注意。
　　　　　　　是各種公共場所廣播時所常聽到的。
　　　　　　2. boarding area 登車處

### 車站廣播

各位女士，先生：

　　請注意，開往芝加哥的班車，請在 8 號登車門上車。乘客請前進到登車處上車，謝謝。

## 3.On greyhound bus announcement

Driver：Welcome aboard the greyhound bus to New York city, We are scheduled to arrive in New York city, at 3:30 this afternoon. There will be a fifteen-minute rest stop on the way. please remember the number of your bus for reboarding. That number is 620.

This coach is air-conditioned for your comfort please remember that smoking of cigarettes is permitted only in the last two rows, and the smoking of any other material is prohibited, as is the drinking of alcoholic beverages.

Thank you for traveling with us. Have a pleasant trip.

〔註解〕：1.美國公路網發達，搭乘巴士旅行是最經濟方便。Greyhound bus.

（灰狗巴士）是美國最有名的長途巴士。

2. rest stop 中途休息站

## 灰狗巴士車內廣播

駕駛員：歡迎搭乘灰狗巴士到紐約，預訂行程今天下午 3:30 抵達紐約市。中途我們有十五鐘休息，請記住車號再上車，本車車號是 620，為了您的方便舒服，本班車具備空調，請記住要抽煙只准在最後兩排，至於抽香煙以外違禁品不准抽，像飲用酒類飲料也是禁止的。謝謝搭乘本班車，祝旅途愉快。

## II 〔背景實況說明〕

美國公路交通網發達，交通四通八達，不論自己開車或坐車長途汽車旅行也很方便。在美國汽車幾乎可到任何地方。當然在美國旅行最簡單方式是自己開車，但是搭灰狗巴士（Greyhound bus）旅行也很普遍，通常車站都位於城市的市中心，非常方便。另一種即搭乘火車旅行，像 Amtrak Train，也是另一種不同的體驗方式。汽車或火車票價時常隨季節而有特別優惠票。

## III 〔常用句型練習〕

1. May I please have a round-trip ticket to Boston?
   請給我一張到波士頓的來回票好嗎？
2. May I have time table?
   請給我一張時刻表好嗎？

3. A round-trip ticket to Chicago, please.
   芝加哥來回票一張。
4. Excuse me, somebody sit here?
   對不起，座位有人坐嗎？
5. Excuse me, going out!
   對不起，下車借過。

# IV〔常用相關用語〕

| | | |
|---|---|---|
| 1. Time table | 時刻表 |
| 2. bus terminal | 巴士總站 |
| 3. one way ticket | 單程車票 |
| 4. Round-trip ticket | 來回車票 |
| 5. rest stop | 中途休息站 |
| 6. aisle seat | 靠走道的座位 |
| 7. window seat | 靠窗戶的座位 |
| 8. greyhound bus | 灰狗巴士 |
| 9. in the rear | 後座 |
| 10. alcoholic beverages | 酒類飲料 |

# 第二十一章 At a gas station
## 加油站

## I 〔虛擬實境會話〕

Attendant：May I help you?
Consumer：Three gallons of super unleaded, please. (Fill it up, please)
Attendant：Three gallons of super unleaded, yes sir.
Attendant：Uh... Excuse me, That would be $5.25.
Consumer：Here you are. Would you check the battery, please.
Attendant：Check the battery? Sure.
Attendant：The battery's Okay.
Consumer：Thank you very much.

〔註解〕：1.Fill it up, please.
請加滿汽油
到加油站加油，最常聽到的
2.Super unleaded 高級無鉛汽油
到加油站加油，服務人員會問你要加那一種
汽油，所以要先搞清楚自己所開的車是用那
一種油，否則加錯，就麻煩。
3.汽油一般可分成幾種：
regular gasoline 普通汽油

　　　　　　high test gasoline 高級汽油
　　　　　　super unleaded gasoline 高級無鉛汽油
　　　　　　92 unleaded gasoline 92 無鉛汽油
　　　　　　95 unleaded gasoline 95 無鉛汽油

## 會話實況

服務員：歡迎光臨！
顧客　：請加高級無鉛汽油 3 加侖（或請加滿汽油）
服務員：是的先生，高級無鉛汽油 3 加侖。
服務員：嗯，一共是美金 5.25 元
顧客　：給你，請順便幫我檢查一下電瓶。
服務員：檢查電瓶？沒問題。
服務員：電瓶沒問題。
顧客　：非常謝謝你。

# II〔背景實況說明〕

　　美國幅員廣闊，例如洛杉磯地區（Los Angeles），沒有地下鐵（Subway），出門代步以汽車為主，沒有車子簡直寸步難行。故開車為車子加油是每天的例行工作。早期留學生生活清苦，除了部份有獎學金以外，很多留學生都是家裡變賣土地籌款，或借款籌足學費，才踏上留學之路，買車子根本是一種奢望，有一輛二手車已經很不錯了。

　　隨著台灣經濟發達，新一代的留學生，小留學生家裡都有足夠金錢資助，與以往不同，很多新的留學生開的不再是二手車（used car），而是嶄新的跑車，真是不可同日而語。不過到加油站加油時，服務人員會問你加那一種汽油，最好要弄清楚所開汽車用的是那一種汽油，有些自助

式加油自己更要弄清楚否則加錯油就麻煩。

# III〔常用句型練習〕

1. Fill it up, please.
   請加滿汽油。
2. Four gallons of super unleased, please.
   請加高級無鉛四加侖。
3. Would you check the radiator, please.
   請幫我檢查一下冷卻器。
4. Where do I get air?
   我可以在那裡打氣？
5. Can I have my car washed?
   可以幫我洗車嗎？

# IV〔常用相同用語〕

1. Self-serve　　　　自行服務加油
2. refuel　　　　　　加油
3. brake fluid　　　　剎車油
4. lubricant　　　　　潤滑油
5. gas station　　　　加油站

# 第二十二章　At the Barber shop
## 理髮店

## Ⅰ〔虛擬實境會話〕

Customer：I'd like to get a haircut, please.

Barber　：How do you want it cut?

Customer：Don't cut it too short, just trim it.

Barber　：Would you like me to shampoo your hair also?

Customer：yes, That would be a good idea. How much do you usually charge for a haircut?

Barber　：If you just want a trim, it costs $8.

Customer：Okay. just trim it on the sides. and shampoo the hair also.

〔註解〕：1. get a haircut 剪頭髮

2. trim it 修整齊，使整齊

3. shampoo 洗頭髮，特別注意重音在第二音節。

## 會話實況

顧客　：我想要剪頭髮。

理髮師：你要剪什麼樣的髮型？

顧客　：不要剪得太短，只要稍微修剪一下。

理髮師：也要洗頭嗎？

顧客　：是的，那是好主意，通常剪髮多少錢呢？

理髮師：如果你只是修剪一下，美金八元。

顧客　　：好吧，我要兩邊稍微修剪一下，並且洗頭。

# II〔背景實況說明〕

　　美國理髮不像台灣這麼舒服方便，到處是豪華理髮廳林立，不但「油壓」，「指壓」，還兼「馬殺雞」，本末倒置，以致於醉翁之意不在酒。早期留美同學終年不理髮者大有人在，因經濟原故，或者我剪你的，你剪我的，互相「殘殺一番」，理髮除了貴以外如何表達也是一大考驗。

# III〔常用句型練習〕

1. I'd like to get a haircut.
   我想要剪頭髮。

2. I'd like a haircut and a shave.
   我要剪髮並刮鬍子。

3. Don't cut it too short.
   不要剪太短。

4. I just want a trim.
   我只要稍微修剪一下就好了。

5. Trim the back and leave the sides, please.
   後面稍微修剪一下，兩邊就照原來的樣子。

6. How do you want your haircut?
   你要剪什麼樣的髮型？

7. Would you dye my hair blond color?
   請幫我把頭髮染成金黃色好嗎？

# IV〔常用相關用語〕

| | |
|---|---|
| 1. Shave | 刮臉，鬍子 |
| 2. shampoo | 洗頭 |
| 3. beard | 絡腮鬍子 |
| 4. mustache | 嘴唇上的鬍子 |
| 5. haircut | 剪髮 |
| 6. Barber | 理髮師 |
| 7. hair dresser | 美髮師，髮型設計師 |
| 8. hairstyle | 髮型 |

# 第二十三章 Go shopping
## 逛街購物

## I 〔虛擬實境會話〕

Clerk　　　: May I help you!

Customer : Yes, Do you sell jogging shoses in this department store?

Clerk　　　: Yes, we do. what exactly did you have in mind?

Customer : I would like a jogging shose that will wear comfortable for jogging.

Clerk　　　:Okay, Here's a model that should suit you perfectly. Try this on. It's on sale today.

Customer : Aw. It fits perfectly. How much is this?

Clerk　　　: They're on sale this week $60 a pair.

Customer : All right. I'll take it.

Clerk　　　: Pay cash or charge.

Customer : I'll pay cash. would you wrap it up, please.

〔註〕1. department store 百貨公司

2. jogging shose 慢跑鞋

3. on sale 特賣

4. It fits perfectly 它很合適

5. wrap it up 包起來

## 會話實況

職員：觀迎光臨！

顧客：是的，這家百貨公司是否有賣慢跑鞋嗎？

職員：是的，你有中意的嗎？

顧客：我喜歡穿起來比較舒服的慢跑鞋？

職員：這種款式很適合你，穿穿看。今天特價。

顧客：哇，很適合，多少錢？

職員：這禮拜特價，一雙只要六十美元。

顧客：好吧！我買這雙。

職員：付現金或刷卡。

顧客：我付現金，請包裝起來好嗎？

# II〔背景實況說明〕

　　留學或出國觀光旅遊，逛街購物不管是自用或餽贈親友都是一大樂趣。美國地區百貨公司（Department store）或購物中心（Shopping Mall）或超市（Supermarket）等都有非常大的賣場。購物前應看清楚，現在很多物品是「Made in Taiwan」不要在國外想買些有紀念性的東西，結果買回來的是 Made in Taiwan 既費時又費神。

　　一般美國人或歐美地區人士，都不習慣討價還價的方式或要求售貨員減價出售一件新的東西。如果是留學生有足夠時間而且交通方便的話，可以到有大減價或打折的商店去採購，價格有很大的差別。

　　在機場出境區域之商店有所謂免稅店（duty free）如欲購買時也有免稅優惠。

　　購物須注意以下幾點：

1.可以貨比三家，注意標價，但不要討價還價。

2.結帳時，須按順序排隊，不要爭先恐後。

3.不要忘了索取收據（receipt），如發現物品有瑕疵時可以要求退貨。

# III〔常用句型練習〕

1. I'm looking for a gift for my friend.
   我正在找送給朋友的禮物。

2. I'd like to buy a toy for my child.
   我要買一份玩具禮物給我小孩。

3. Excuse me, could you please tell me how much this souvenirs costs?
   請問這紀念品賣多少錢？

4. I'd like to buy it.
   我想要買它。

5. How much is this?
   這要多少錢？

6. That will be five dollars and fifty cents.
   一共是美金五元五十分。

7. Would you wrap it up, please?
   請你把它包起來好嗎？

8. It's too expensive.
   太貴了

9. It's cheap.
   很便宜。

10. I can't afford to buy it.
    我沒錢買它。

11. It costs too much.
　　太貴了。

12. Do you have change for ten-dollar bill？
　　可以換十元的零錢嗎？

13. The price is reasonable.
　　價錢很合理。

14. Do you sell souvenirs？
　　你有賣紀念品嗎？

15. All right, I'll take it.
　　好的，我買了。

16. Would you like to try it on？
　　你要試穿看看嗎？

# IV〔常用相關用語〕

| | | |
|---|---|---|
| 1. purchase | 購買 |
| 2. souvenirs | 紀念品 |
| 3. sweater | 運動衫 |
| 4. free gift | 贈品 |
| 5. duty-free | 免稅 |
| 6. coupon | 優待券 |
| 7. discount | 折扣 |
| 8. on sale | 特賣，大拍賣 |
| 9. 20％off | 打八折 |
| 10. It's all sold out | 全賣完了 |
| 11. Antiques | 古董 |
| 12. cosmetics／perfumes | 化粧品／香水 |
| 13. Jewellery | 珠寶 |

14. Leather goods       皮製品

15. Handicrafts       手工藝品

16. shopping center       購物中心

17. price tagged goods.       有標價的物品

18. Price tag       標價

# 第二十四章　Ask for returning the Item
## 要求退貨

## Ⅰ 〔虛擬實境會話〕

> Customer：Excuse me, I bought it only one weeks ago. A brand new TV. set! Already broken! Dead!
>
> Salesman：Yes, sir. I understand. But what do you want me to do about it?
>
> Customer：I'd like to return the TV. set, and I want my money back, Okay? (Give the money back)
>
> Salesman：I have a better suggestion, you give me the receipt, then I can give you another set.
>
> Customer：All right, here is the receipt.
>
> Salesman：Okay, Bring in your set, I'll give you a new one.

〔註〕：1. brand new　全新的
　　　　2. receipt 指收據，單據

## 會話實況

顧客　　：對不起，這是我一星期前才買的全新電視機，已經壞了！不能使用！

銷售員：是的，先生，我了解，但是你要我怎麼做呢？

顧客　　：我想要退還電視機，把錢拿回來，可以嗎？

銷售員：我有更好的建議，你把收據給我，我換你一台新

　　　的。

顧客　：好吧！這是收據。

銷售員：好吧！把電視機帶來，我給你一台新的。

# II〔背景實況說明〕

　　在歐美國家的百貨公司或商店購物，只要發現貨品有暇疵，一星期內或其要求期限內，皆可憑收據退貨或更換新品。所以在國外旅遊逛街購物時一定要將收據（receipt）保存好，日後如要更換購買物品或退款時的依據。

# III〔常用句型練習〕

1. I want my money back.
   我要退錢。
2. Give the money back.
   我要退錢。
3. What do you want me to do ?
   你要我怎麼做？
4. I have a better suggestion.
   我有更好的建議。
5. I would like to exchange this.
   我想要更換這個。

# IV〔常用相關用語〕

1. receipt　　　　　收據
2. discount　　　　折扣
3. sale slip　　　　銷售單據
4. purchase order　購買訂單

# 第二十五章　At the pharmacy
## 藥局配藥

## Ⅰ〔虛擬實境會話〕

Dialogue Ⅰ

| | |
|---|---|
| Pharmacist：| May I help you , sir? |
| Patient ：| Yes, May I have this prescription filled here? I have a terrible headache. |
| Pharmacist：| Yes, but you'll have a ten minute wait. |
| Patient ：| Okay, no problem. Besides my prescription, I need some toothpaste, a bar of soaps, and some aspirin. |
| Pharmacist：| All right, just hold on a second. |
| | ⋮ |
| Pharmacist：| Sorry to let you wait, you must take these capsules every four hours without fail. |
| Patient ：| Thank you, I'll follow your instructions carefully so that I can get well soon. |

〔註解〕：1. prescription 處方箋，上面記載病患姓名年齡以及病名，及所要服用藥物名稱

2. aspirin 阿斯匹靈，解熱止痛藥。

3. without fail 指不要延誤

4. follow someone instructions.依照某人指示

## 會話實況 I

藥師：歡迎光臨！

病患：我頭痛得很厲害，這張處方可以在這裡調劑嗎？

藥師：是的可以，但要請稍候十分鐘。

病患：好的，沒問題。除了配藥外，我還要買牙刷，一條肥皂和一些阿斯匹靈。

藥師：對不起，讓你久等了。這些膠囊每四小時服用一次不要延誤。

病患：是的，非常謝謝。我一定遵照你的指示小心服用才會早日痊癒。

## Dialogue II

| | |
|---|---|
| Pharmacist | : May I help you? |
| Patient | : Yes, could you give me something for the pain? I didn't get to sleep until three O'clock this morning. |
| Pharmacist | : Aspirin is the strongest medication I can give you without a prescription. |
| Patient | : That isn't strong enough, and I don't have an appointment with my doc until next week. |
| Pharmacist | : who is your doctor? |
| Patient | : Dr. williams. |
| Pharmacist | : Doesn't he have his office on the corner? |
| Patient | : yes, he does. |

Pharmacist：Are you a regular patient?

Patient　　：yes.

Pharmacist：Oh, Then I can call him if you like. Dr. williams will give me a pain prescription over the phone.

Patient　　：I'd appreciate that very much. Do you think that he'll still be in his office?

Pharmacist：Sure. It's only three-thirty. He should be there until five.

Patient　　：Good.

Pharmacist：Well, I'll give Dr. Williams a call and we'll see what we can do for you.

## 會話實況 II

藥師：有何需要效勞嗎？

病患：可以給我一些止痛藥嗎？直到凌晨三點，我一直睡不著。

藥師：沒有處方箋，我可以給你最強的藥是阿斯匹靈。

病患：那不夠強，而且直到下星期前我沒有和我的醫師預約。

藥師：你的醫師是誰？

病患：威廉醫師。

藥師：他的診所不是在附近轉角嗎？

病患：是的，他的診所就在那裡。

藥師：你是他的定期患者嗎？

病患：是的

藥師：如果你願意，我可以打電話給他，威廉醫師可以在電話中給我止痛藥的處方。

病患：我很感激，你想他還在辦公室嗎？

藥師：當然，現在才三點半，他會在辦公室直到五點。

病患：好的。

藥師：好吧！我打電話給威廉醫師，看看我們能如何來幫你忙。

## II〔背景實況說明〕

　　歐美國家的藥局一般規模都很大，由於歐美國家實施「醫藥分業」，民眾到藥局買藥須有醫師處方才可買到，若一般 OTC 成藥則可以自己自由選購。藥局除接受醫師處方調劑藥品以外，也兼賣雜貨用品，應有盡有，不管是食品、化粧品，應有盡有，是購物的好地方，同時也是民眾健康諮詢的好地方。我國自民國 86 年 3 月 1 日起也開始實施「醫藥分業」，即醫師負責「疾病」診斷，藥師負責「藥品」調劑。民眾只要拿著醫師開立的「處方箋」到您住家附近的「健保特約藥局」配藥，不需再付任何費用。同時由於「處方箋」上會記載治療疾病名稱和藥品名稱，讓您有「知藥」的權利，知道自己生什麼病，吃什麼藥。在我國醫療史上算是向前邁進一大步。

## III〔常用句型練習〕

1. I have a terrible headache.
   我頭痛得很厲害。

2. I have a stomachache.
   我胃痛得很。

3. I have the flu.
   我感冒了。

4.Could you recommend some medicine for pain release, please.

你可以建議一些止痛藥嗎？

5. May I have this prescription filled here.

我這張處方可以在這裡配藥嗎？

# IV〔常用相關用語〕

1. control pill　　　　　避孕丸
2. over-the-counter（OTC）

　　成藥，病人或消費者可自行在藥局選購的藥品

3. Aspirin　　　　　　阿斯匹靈
4. vitamins　　　　　　維他命
5. sleeping pill　　　　安眠藥
6. prescription　　　　處方箋

　　〔註〕為醫師診斷病例的依據上面有診斷疾病名稱，
　　　　　和處方用藥的名稱，劑量，用法。
　　　　　病患憑此處方箋到健保藥局配藥。

7. Antibiotic　　　　　抗生藥
8. Tablet　　　　　　　藥錠
9. Capsule　　　　　　膠囊
10. ointment　　　　　軟膏藥
11.powder　　　　　　藥粉末
12.pharmacist　　　　藥師
13.DOC　　　　　　　醫師
14.tranquilizer　　　　鎮定劑
15.nose running　　　流鼻水
16. cough　　　　　　咳嗽

17. sore throat　　　　　　喉嚨痛

18.Viagra　　　　　　　　威而鋼〔註〕美國輝瑞藥廠
　　　　　　　　　　　　最新開發成功的男性陽痿治
　　　　　　　　　　　　療藥轟動全球。這種藥與用
　　　　　　　　　　　　於治療心絞痛藥 Amyl Nitrate
　　　　　　　　　　　　同時服用是非常危險的。

# 第二十六章 At a Clinic
## 診所看病

## I〔虛擬實境會話〕

### 1. Making an appointment

Receptionist：Good morning, Dr. Peterson's office.

Patient 　　：Hello, This is Jackson speaking, I'd like to make an appointment to see the doctor.

Receptionist：Let's see……, I can arrange for you to see the doctor tomorrow morning?

Patient 　　：Can't I come in this afternoon?

Receptionist：I'm afraid Dr. Peterson won't be able to see you this afternoon.His appointment book is filled for this afternoon.

Patient 　　：Too bad. I can't get an appointment sooners. Okey, no problem. I can wait till tomorrow morning if Doc is too busy today. Thank you.

〔註解〕1. too bad 不好，不巧
　　　　2. no problem 沒有問題，沒有關係

## 預約掛號

接待員：早安，皮特生醫師辦公室。

病患　　：我是傑克生，我想預約掛號看醫師。

接待員：讓我看一下……，我可安排你明天早上來看醫師。

病患　　：我是不是可以今天下午過來？

接待員：恐怕不行，皮特生醫師預約簿今天下午都已排滿
　　　　　了。

病患　　：太糟糕了，我沒有早一點預約。好吧，沒關係，
　　　　　如果今天醫師太忙我可以等到明天，謝謝你。

## 2.Visiting the doctor

DOC　　：What's the trouble?

Patient：I've been very dizzy lately, and last night I had some
　　　　　headache.

DOC　　：Do you have a sore throat?

Patient：Yes, I do.

DOC　　：Okay, Let me check your throat, open your mouth.

Patient：I don't feel very well this morning.

DOC　　：Your throat have infection, I'll prescribe some
　　　　　Antibiotic and anticough medicine for you three
　　　　　days. If you still not feel better, call me again, okay?

Patient：Thank you very much, Doc.

〔註解〕1. dizzy 暈眩的

　　　　2. headache 頭痛

　　　　3. sore throat 喉痛，一般是感冒喉頭感染

　　　　4. infection 細菌感染

　　　　5. antibiotic 抗生素

6. Doc〔俗語〕即 doctor 醫師

## 診所看病

醫師：你那裡不舒服嗎？
病患：我最近一直頭暈，昨晚還一直頭痛。
醫師：你有沒有喉嚨痛？
病患：是有喉嚨痛。
醫師：好的，讓我檢查你的喉嚨，把口打開。
病患：今天早上我覺得很不舒服。
醫師：你的喉嚨有發炎，我開三天抗生素和止咳的藥給你，如果沒有改善，打電話給我好嗎？
病患：謝謝你，醫師。

# II〔背景實況說明〕

　　歐美國家實施醫藥分業，醫師只負責疾病診斷，病患看病須事先預約掛診。如果是急診上大醫院，費用相當昂貴。人非機械，生病是自然現象，但是一旦在異地國外生病，偏偏又不知如何表達身體的不適，那就更糟糕了。現在雖然很多人移民國外，但是還是有很多人習慣抽空回國看病，原因除了國外昂貴的醫藥費用以外，一些疾病用語的表達，以及醫病關係溝通問題無法順利也是原因之一。

# III〔常用句型練習〕

1. I don't feel very well this morning.
   今天早上我感覺不舒服。
2. I have a bad headache.
   我感覺頭很痛。

3. I have a fever.
   我發燒了。
4. I'd like to make an appointment to see Dr. Perterson.
   我想預約看皮特生醫師。
5. I was sick.
   我生病了。
6. I have fever and still have a cough.
   我發燒而且還咳嗽。
7. I've got a pain in my back.
   我背部痛。
8. I have a sore throat.
   我喉嚨痛。
9. I feel like throwing up.
   我想要吐。

# IV 〔常用相關用語〕

1. prescription            處方箋
2. Doc                     醫師
3. nurse                   護士
4. pharmacist              藥師
5. the flu                 感冒
6. fever                   發燒
7. heart attack            心臟病
8. pneumonia               肺炎
9. sore throat             喉嚨痛
10. nose running           流鼻水
11. cough                  咳嗽

12. physical check up      健康檢查
13. emergency ward      急診室
14. electrocardiograph      心電圖
15. patient      病患
16. general practitioner      開業醫師，
     一般科家庭醫師
17. physician      內科醫師
18. pediatrician      小兒科醫師
19. obstetrician      產科醫師
20. E.N.T(ear, nose and throat)      耳鼻喉科醫師
21. surgeon      外科醫師
22. dentist      牙科醫師
23. psychiatrist      精神科醫師
24. gynecologist      婦科醫師
25. dermatologist      皮膚科醫師
26. oculist      眼科醫師

# 第二十七章 At the post office
## 到郵局

## I 〔虛擬實境會話〕

David：Excuse me, I would like to send this parcel to Taiwan.
Clerk：Do you want to send by Air mail or sea mail?
David：Air mail, Please. This parcel must be insured and sent first class.
Clerk：That will be five dollars and fifteen cents all together.
David：Okay, by the way, How soon will it arrive there?
Clerk：It'll take one week. I suppose.
David：Thank you.

〔註解〕：1. parcel 包裹 parcel post 指小包郵件
2. air mail 航空郵寄

## 會話實況

大衛：對不起，我要寄這小包到台灣。
職員：你要寄航空或海運？
大衛：我要寄航空的，並且要限時掛號。
職員：那一共是五元十五分美金。
大衛：好的，順便問一下，多久會寄到？
職員：我想大約一星期吧！
大衛：謝謝你。

## II〔背景實況說明〕

　　郵局與我們日常生活有著密切的關係，尤其是留學生出國在外，常須藉著郵局的服務，寄送物品。現在隨著科技的進步，資訊可以快速的傳遞。傳真機以及網際網路的普遍，許多功能取代了郵局的方便，但是有些大型郵件或包裹，仍須靠郵局服務。美國的 supermarket 或藥局，房都有販售郵票，但是到郵局寄送包裹或信件仍是有其存在的價值。

## III〔常用句型練習〕

1. I would like to send this parcel by airmail.
   我想要以航空寄這包裹。
2. I would like to send this by registered mail.
   我想要寄掛號。
3. How much is the postage on this?
   郵票要貼多少呢？
4. How much does it cost to send this airmail.
   寄航空費用多少呢？
5. How long will it take to reach Taiwan.
   寄到台灣要多少時間？
6. I would like to have this mail registered.
   這些郵件我想要掛號。
7. By surface mail, please.
   請寄海運。

# IV〔常用相關用語〕

|  |  |
|---|---|
| 1. post card | 明信片 |
| 2. aerogrammes | 郵簡 |
| 3. Registered mail | 掛號郵件 |
| 4. Regular mail | 普通郵件 |
| 5. certified mail | 雙掛號 |
| 6. zip code | 郵遞區號 |
| 7. special delivery | 快遞，限時專送 |
| 8. air mail | 航空郵寄 |
| 9. surface mail | 海運郵寄 |
| 10. parcel | 小包 |
| 11. printed matter | 印刷品 |
| 12. photo inside, Do not fold | 有照片請勿摺。 |
| 13. money order | 匯票 |
| 14. postage stamps | 郵票 |

# 第二十八章　On Business
## 拓展業務，接洽業務

## I〔虛擬實境會話〕

### Making appointment

Secretary：Hello, Johnson pharmaceutical company, good morning, May I help you!

Tony　：Hello, It's Tony Wang speaking. Look I am an importer from Taiwan, I want to talk to someone who is in charge of export business.

Secretary：Hold on a second, please.

Exporter manager：Hello, Frank Evan here, I'm the manager of export department, what can I do for you?

Tony　：Yes, Mr. Evan. I'm an importer of pharmaceutical company from Taiwan, Could I make an appointment to meet you on March 12, 10AM. I'm not sure if it'll be convenient for you.

Exporter manager：Well, Let's see, .... March 12, 10AM. That's Okay.

Tony　：Thank you, Mr. Evan. I'll be there.

〔註解〕：1. Hold on 請稍候。

2. importer 進口商

3. Exporter 出口商
4. pharmaceutical company 藥品公司，製藥公司
5. in charge of 負責，管理
6. convenient 方便的，便利的

## 電話預約洽商

秘書　　　：喂，早安，強生製藥公司，有何貴事？

湯尼　　　：喂，我是王湯尼，台灣來的進口商，我想找
　　　　　　出口部門負責的人接洽。

秘書　　　：請稍候一下。

出口部經理：喂，法蘭克，伊凡，我是出口部經理，有何
　　　　　　指教？

湯尼　　　：是的，伊凡先生，我是台灣藥品公司進口商
　　　　　　，我想跟您預約三月十二早上十點見面商談
　　　　　　，不知您是否方便。

出口部經理：嗯，讓我查一下，三月十二日早上十點，好
　　　　　　的，沒問題。

湯尼　　　：伊凡先生，謝謝您，我準時到達。

# II〔常用句型練習〕

1. I am an importer from Taiwan.
   我是台灣來的進口商。
2. I want to talk to the business manager.
   我要找業務經理洽談。
3. I do a lot of wholesale business.
   我做許多批發生意。
4. Do you have anything that would interest me？

你有什麼較有趣的東西嗎？

5. Would 3:30 be convenient？
三點半方便嗎？

6. I'll deal in quantity.
我將會大量採購。

7. We import primarily from Central and South America.
我們進口主要來自中南美國家。

8. I can't take you order.
我不能接受你的訂單。

# III〔常用相關用語〕

1. pharmaceutical company　製藥公司，藥品公司
2. Enterprises　企業公司
3. Inventory　目錄
4. wholesale　撥發
5. retail　零售
6. importer　進口商，輸入者
7. exporter　出口商，輸出者

# 第二十九章　Sight-seeing tour
## 觀光旅遊

## I 〔虛擬實境會話〕

Tourist information Center

Clerk：May I help you, sir?

tourist：Yes, I just arrived in Boston. Could you please suggest some interesting place to visit?

Clerk：Okay, I would like to introduce you to various resources in Boston area. Boston is the capital of Massachusetts and the largest city in New England. Theaters, museums, historic parks and trails, enough to satisfy your cultural curiosity. which place will interested you?

tourist：Well, I'm interested in Art. could you please tell me me where the Fine Art museum is?

Clerk：Sure, Just walk down 2 blocks and it'll be on your left between the bank and the library. By the way, you should be sure to visit the Quincy Market and Harvard square during your stay in Boston.

tourist：Thank you, I will.

〔註解〕：1. capital 首都，省會

2. trails 古道
3. cultural curiosity　文化的好奇
4. be interested in　對……有趣
5. Quincy Market 昆西市場，波士頓市區有名的市集中心有海鮮聞名及義大利市集。
6. Harvard square 哈佛廣場，哈佛大學城的廣場，假日有很多學生，遊客聚集。

## 旅客服務中心

職員：先生，須要什麼服務嗎？

遊客：是的，我剛抵達波士頓，可以請你建議一些好玩的地方嗎？

職員：好的，我很樂意介紹波士頓的各種資訊。波士頓是麻州的首都，新英格蘭地區最大的城市。戲院，博物館，歷史性公園、古老步道等都足夠滿足你對文化的好奇心。

遊客：我對藝術比較有興趣。請告訴美術博物館在那裡？

職員：當然，往前走兩條街，它就在你的左方介於銀行和圖書館之間。順便提一下，你停留在波士頓期間，務必要走訪昆西市場和哈佛廣場。

遊客：謝謝你，我會的。

# II〔背景實況說明〕

隨著經濟成長，國人出國旅遊機會增多，觀光旅遊除可廣增見聞，同時更應做好國民外交，所謂讀萬卷書，不如行萬里路，百聞不如一見。觀光旅遊是最好的一種生活體驗。

　　如果是參加旅行團有導遊隨團服務，既經濟又方便，但是時間緊湊，適合第一次旅遊。如果想進一步了解該國風土民情，不外乎自助旅遊。但是自助旅遊最好至少具備語言溝通能力，尤其是英語幾乎已成為國際言語。不論自助旅遊或出差洽公，可利用多餘時間觀光或到當地的名勝古蹟走走，增添旅遊的樂趣。

　　一般飯店（Hotel）都有 Tour 的路線安排，Tour 是一種方便而且省錢的觀光方式。在旅館中可請 Lobby captain（飯店領班）代為登記安排。一般飯店也有好多種 tour 可供選擇，像 City tour, half day tour, night tour 等等。當然也可藉由當地旅遊服務中心獲取一些免費資料。

　　觀光旅遊時應注意以下幾點事項：

1.所謂入境隨俗，謹守該國的法令，習慣是很重要的。像在新加坡，公共場所抽煙，捷運車內吃東西、喝飲料約罰坡幣五百元，約合台幣壹萬元。

2.勿在公共場所大聲喧嚷，影響別人，引起反感。

3.不論參觀或坐車時應遵守排隊順序，勿爭先恐後，以免有失我大國民身份。

4.不要任意批評到訪國家的政治或髒亂或落後情形，以免引起爭議。

5.進入教堂或博物館參觀時要保持肅靜。

## III〔常用句型練習〕

1. Could you please suggest some interesting places to visit？
   請你建議一些好玩的地方嗎？

2. I'd like to take a sight-seeing tour in Boston.
   我想在波士頓參加觀光旅遊團。

3. What time does the sightseeing tour bus leave?
觀光巴士幾時出發?
4. Will the sightseeing tour bus pick us up at the hotel?
觀光巴士會到旅館來接我們嗎?
5. Could you please tell me where the Art museum is?
請告訴我美術博物館在那裡?

# IV〔常用相關用語〕

1. shopping center　　購物中心
2. Museum　　博物館
3. Zoo　　動物園
4. Aquarium　　水族館
5. cruise boat　　遊艇
6. entertainment　　娛樂
7. night life　　夜生活
8. cuisines　　烹飪美食
9. live show　　現場表演
10. night clubs　　夜總會
11. City tour　　市區旅遊
12. night tour　　夜間旅遊
13. shuttle bus　　專車
14. Taxi　　計程車
15. Subway　　地下鐵
16. cultural shows　　文化表演

# 第三十章　The weather forecast

## 氣象預報

## Ｉ〔虛擬實境會話〕

### Weather forecast report

Welcome to CNN weather forecast report, I'm philweber.

A brief look at the weather forecast for the weekend. The National weather map shows a high pressure area all along the eastern coastline. which brought them very pleasant, sunny weather from New York to Florida. But showers and thunderstorms are occurring from the Ohio River all the way.

South to the Gulf coast, depositing heavy amounts of rain over the southern states.

Heavy amounts of snow were reported in the Rocky Mountain region with record cold temperatures in Denver and Boulder. As much as a foot of snow has fallen in some of the mountain stations.

In contrast, temperatures in Arizona and the desert southwest went over the one-hundred degree mark again today under bright, sunny skies.

That's the latest news and weather forecast from CNN, Thank you for joining us. Good night.

〔註解〕1. showers 陣雨

2. weather forecast 指氣象預報

3. thunderstorms 雷雨

## 新聞氣象預報

　　歡迎收看 CNN 氣象預報，我是菲爾偉伯，我們來看一下週末的氣象預報圖。全國氣象圖顯示一個高壓帶正延著東海岸移動，隨著帶著舒適，陽光普照的氣候從紐約延伸到佛羅里達。但是陣雨和雷雨卻持續不斷一路由南至海灣地區，累積大量的雨量超過南部各州。

　　落磯山脈有大量積雪報告，在丹佛和 Boulder 地區有破紀錄的冷溫度，在其他一些山區也有一呎高的積雪。

　　相反的，在亞利桑那州的溫度和西南沙漠地區今天溫度再高達華氏 100 度 F，是明亮、陽光普照的天空。這是 CNN 新聞台最新新聞和氣象報告，謝謝收看，晚安！

# II〔背景實況說明〕

　　在國內，國人對於氣象預報不會有深刻的印象，可能只有對於颱風來擊時，才會特別注意，但是到了國外，尤其像美國或歐洲，天氣變化很大，冬天下雪甚至氣溫有時下降至零度以下或暴風雪來擊，造成民眾很大的不便，甚至威脅生命，每日的氣象預報對外出工作的人變得很重要。因此每天看電視的氣象報告，或注意電台的氣象廣播，注意氣候動象變得很重要。尤其美國地區一、二月間的 winter blizzard 冬天暴風雪充滿危險，更應隨時注意最新氣候變化動態。

# III常用句型練習

1. How is the weather today?
   今天的氣候如何？

2. It's quite cold today.
   今天很冷。

3. What's the temperature today?
   今天的氣溫幾度？

4. It's about eighty degrees Fahrenheit this morning.
   今早大約是華氏 80 度。
   〔註〕：在美國使用的溫度常以華氏（Fahrenheit）表示，
   和我國常以攝氏（Centigrade）表示略有不同。
   有公式可以換算攝氏（℃）或華氏（℉）
   〔℃＝（℉－32）×5／9〕

5. It's about twenty-eight degrees Centigrade.
   大約攝氏二十八度。

6. It's going to snow tomorrow.
   明天將要下雨

7. What is the weather forecast for today?
   今天的天氣預報如何？

8. It will turn out to be fine tomorrow.
   明天天氣會轉好。

# IV常用相關用語

1. weather forecast            氣象預報
2. current temperature         目前氣溫
3. present weather             現在的天氣

| | |
|---|---|
| 4. meteorologist | 氣象預報員 |
| 5. Twenty five degrees Centigrade | 攝氏 25 度 C |
| 6. Eighty-five degree Fahrenheit. | 華氏 85 度 F |
| 7. cold | 冷的 |
| 8. cold front | 冷峰 |
| 9. mostly cloudy | 多雲的 |
| 10. sunny | 陽光普照的 |
| 11. hot | 很熱 |
| 12. windy | 多風的 |
| 13. occasional rain showers | 偶陣雨 |
| 14. foggy | 有濃霧的 |
| 15. rain | 下雪 |
| 16. Typhoon | 颱風 |
| 17. thunder storm | 雷雨 |
| 18. tornadoes | 颶風、旋風 |
| 19. air mass | 氣團 |
| 20. snow | 下雪 |
| 21. chilly | 寒冷 |
| 22. freezing | 凍得很 |
| 23. blizzard | 大風雪，暴風雪 |
| 24. hurricane | 暴風；颶風 |

# 第三十一章　Making reservations for a plane

## 確認機位，回國前確認機位

## Ⅰ〔虛擬實境會話〕

Clerk　　　：Hello, Northwest airline, May I help you?

Passenger：I'd like to re-confirm my reservation of Northwest flight No.086 to Taipei On March 12, Please.

Clerk　　　：Okay, What's your name, please.

Passenger：Ted Wang.

Clerk　　　：How do you spell your last name?

Passenger：Wang, W-A-N-G.

Clerk　　　：Okay, your reservation is all set, but you must check in one hour prior to departure on March 12.

Passenger：I know, Thank you very much.

〔註解〕：1. re-confirm 再確認
　　　　　2. last name 指姓，中文的姓在前，名字在後與英文有所不同，須注意 last name 即姓，同 family name.
　　　　　3. prior to 在……之前。

**會話實況**

職員：喂，西北航空，有何指教？

旅客：我想再確認西北航空 086 班機三月十二日往台北的
　　　機位。

職員：好的，請問貴姓。

旅客：王泰德

職員：你的姓如何拼呢？

旅客：　Wang, W-A-N-G.

職員：好的，你的預約手續好了，但是三月十二日出境時
　　　必須提前一小時辦理登機手續。

旅客：我知道，非常謝謝你。

# II〔背景實況說明〕

　　不論是留學歸國，公務洽商，觀光旅遊或自助旅遊，
在國外從一個城市到另外一城市，返國前夕都應該在動身
前作一番準備，才能為旅程劃下完美的句點。中途臨時改
變行程，這時更要打電話給航空公司確認機位，以免誤了
行程。

　　回國前首先要確定機位（confirmation）確定回國機
票的班次，時間及座位有無錯誤，並且把票號記在記事簿
上，以免遺失時能夠查證。如果是參加旅行團，當然有旅
行團代辦方便不少，不必煩惱。但如果是自助旅遊或留學
回國，公務洽商則應事先確認機位，整理行李。至於笨重
的東西，應儘量利用託運，才會輕鬆愉快，隨身只要攜帶
重要證件或必要東西，方便旅行。一般飯店也都有安排接
機或至機場的交通工具等服務，事先應問清楚。搭機時應
提前二小時到達機場，辦理登機手續及買些紀念品（
souvenir）等。完成愉快的旅程。

# III〔常用句型練習〕

1. I would like to make reservation on a N W flight to Taipei on March12.
   我要預定三月十二日西北航空公司到台北的班機。
2. I would like to re-confirm my reservation to Taipei.
   我要再確認到台北的預訂機位。
3. What time is flight 652 for Boston due depart？
   到波士頓 652 班機幾點起飛？
4. You must check in one hour prior to departure.
   你必須飛機起飛起一小時辦理登機手續。
5. Be sure to check in at airport at least one hour before take off.
   確定班機起飛前一小時前辦理登機手續。
6. What's the time difference between Taiwan and Boston？
   台灣和波士頓的時差多少？
7. When is the next flight to Boston？
   下一班飛往波士頓的班機是什麼時候？

# IV〔常用相關用語〕

1. Economy class　　　經濟艙
2. Luxury class　　　　豪華艙
3. First class　　　　　頭等艙
4. Airport Tax　　　　　機場稅捐
5. Boarding card　　　　登機卡
6. waiting list　　　　　等待機位名單
7. no-show passenger　　臨時不搭機的旅客

# 大展出版社有限公司　圖書目錄

地址：台北市北投區(石牌)
　　　致遠一路二段 12 巷 1 號
郵撥：0166955～1

電話：(02)28236031
　　　　　28236033
傳真：(02)28272069

## ・法律專欄連載・ 電腦編號 58

台大法學院　　　　法律學系／策劃
　　　　　　　　　　法律服務社／編著

1. 別讓您的權利睡著了 ① 　　　　200 元
2. 別讓您的權利睡著了 ② 　　　　200 元

## ・秘傳占卜系列・ 電腦編號 14

1. 手相術　　　　　　　淺野八郎著　180 元
2. 人相術　　　　　　　淺野八郎著　150 元
3. 西洋占星術　　　　　淺野八郎著　180 元
4. 中國神奇占卜　　　　淺野八郎著　150 元
5. 夢判斷　　　　　　　淺野八郎著　150 元
6. 前世、來世占卜　　　淺野八郎著　150 元
7. 法國式血型學　　　　淺野八郎著　150 元
8. 靈感、符咒學　　　　淺野八郎著　150 元
9. 紙牌占卜學　　　　　淺野八郎著　150 元
10. ESP 超能力占卜　　　淺野八郎著　150 元
11. 猶太數的秘術　　　　淺野八郎著　150 元
12. 新心理測驗　　　　　淺野八郎著　160 元
13. 塔羅牌預言秘法　　　淺野八郎著　200 元

## ・趣味心理講座・ 電腦編號 15

1. 性格測驗① 探索男與女　　淺野八郎著　140 元
2. 性格測驗② 透視人心奧秘　淺野八郎著　140 元
3. 性格測驗③ 發現陌生的自己　淺野八郎著　140 元
4. 性格測驗④ 發現你的真面目　淺野八郎著　140 元
5. 性格測驗⑤ 讓你們吃驚　　淺野八郎著　140 元
6. 性格測驗⑥ 洞穿心理盲點　淺野八郎著　140 元
7. 性格測驗⑦ 探索對方心理　淺野八郎著　140 元
8. 性格測驗⑧ 由吃認識自己　淺野八郎著　160 元
9. 性格測驗⑨ 戀愛知多少　　淺野八郎著　160 元
10. 性格測驗⑩ 由裝扮瞭解人心　淺野八郎著　160 元

11. 性格測驗⑪ 敲開內心玄機　　　淺野八郎著　140元
12. 性格測驗⑫ 透視你的未來　　　淺野八郎著　160元
13. 血型與你的一生　　　　　　　淺野八郎著　160元
14. 趣味推理遊戲　　　　　　　　淺野八郎著　160元
15. 行為語言解析　　　　　　　　淺野八郎著　160元

## ·婦 幼 天 地· 電腦編號 16

1.  八萬人減肥成果　　　　　　　黃靜香譯　180元
2.  三分鐘減肥體操　　　　　　　楊鴻儒譯　150元
3.  窈窕淑女美髮秘訣　　　　　　柯素娥譯　130元
4.  使妳更迷人　　　　　　　　　成　玉譯　130元
5.  女性的更年期　　　　　　　　官舒妍編譯　160元
6.  胎內育兒法　　　　　　　　　李玉瓊編譯　150元
7.  早產兒袋鼠式護理　　　　　　唐岱蘭譯　200元
8.  初次懷孕與生產　　　　　　　婦幼天地編譯組　180元
9.  初次育兒12個月　　　　　　　婦幼天地編譯組　180元
10. 斷乳食與幼兒食　　　　　　　婦幼天地編譯組　180元
11. 培養幼兒能力與性向　　　　　婦幼天地編譯組　180元
12. 培養幼兒創造力的玩具與遊戲　婦幼天地編譯組　180元
13. 幼兒的症狀與疾病　　　　　　婦幼天地編譯組　180元
14. 腿部苗條健美法　　　　　　　婦幼天地編譯組　180元
15. 女性腰痛別忽視　　　　　　　婦幼天地編譯組　150元
16. 舒展身心體操術　　　　　　　李玉瓊編譯　130元
17. 三分鐘臉部體操　　　　　　　趙薇妮著　160元
18. 生動的笑容表情術　　　　　　趙薇妮著　160元
19. 心曠神怡減肥法　　　　　　　川津祐介著　130元
20. 內衣使妳更美麗　　　　　　　陳玄茹譯　130元
21. 瑜伽美姿美容　　　　　　　　黃靜香編著　180元
22. 高雅女性裝扮學　　　　　　　陳珮玲譯　180元
23. 蠶糞肌膚美顏法　　　　　　　坂梨秀子著　160元
24. 認識妳的身體　　　　　　　　李玉瓊譯　160元
25. 產後恢復苗條體態　　　　　　居理安·芙萊喬著　200元
26. 正確護髮美容法　　　　　　　山崎伊久江著　180元
27. 安琪拉美姿養生學　　　　　　安琪拉蘭斯博瑞著　180元
28. 女體性醫學剖析　　　　　　　增田豐著　220元
29. 懷孕與生產剖析　　　　　　　岡部綾子著　180元
30. 斷奶後的健康育兒　　　　　　東城百合子著　220元
31. 引出孩子幹勁的責罵藝術　　　多湖輝著　170元
32. 培養孩子獨立的藝術　　　　　多湖輝著　170元
33. 子宮肌瘤與卵巢囊腫　　　　　陳秀琳編著　180元
34. 下半身減肥法　　　　　　　　納他夏·史達賓著　180元
35. 女性自然美容法　　　　　　　吳雅菁編著　180元
36. 再也不發胖　　　　　　　　　池園悅太郎著　170元

37. 生男生女控制術　　　　　中垣勝裕著　220元
38. 使妳的肌膚更亮麗　　　　楊　皓編著　170元
39. 臉部輪廓變美　　　　　　芝崎義夫著　180元
40. 斑點、皺紋自己治療　　　高須克彌著　180元
41. 面皰自己治療　　　　　　伊藤雄康著　180元
42. 隨心所欲瘦身冥想法　　　　原久子著　180元
43. 胎兒革命　　　　　　　　鈴木丈織著　180元
44. NS磁氣平衡法塑造窈窕奇蹟　古屋和江著　180元
45. 享瘦從腳開始　　　　　　山田陽子著　180元
46. 小改變瘦4公斤　　　　　宮本裕子著　180元
47. 軟管減肥瘦身　　　　　　高橋輝男著　180元
48. 海藻精神秘美容法　　　　劉名揚編著　180元
49. 肌膚保養與脫毛　　　　　鈴木真理著　180元
50. 10天減肥3公斤　　　　　彤雲編輯組　180元
51. 穿出自己的品味　　　　　西村玲子著　280元

## ・青春天地・ 電腦編號 17

1.  A血型與星座　　　　　　柯素娥編譯　160元
2.  B血型與星座　　　　　　柯素娥編譯　160元
3.  O血型與星座　　　　　　柯素娥編譯　160元
4.  AB血型與星座　　　　　柯素娥編譯　120元
5.  青春期性教室　　　　　　呂貴嵐編譯　130元
6.  事半功倍讀書法　　　　　王毅希編譯　150元
7.  難解數學破題　　　　　　宋釗宜編譯　130元
9.  小論文寫作秘訣　　　　　林顯茂編譯　120元
11. 中學生野外遊戲　　　　　熊谷康編著　120元
12. 恐怖極短篇　　　　　　　柯素娥編譯　130元
13. 恐怖夜話　　　　　　　　小毛驢編譯　130元
14. 恐怖幽默短篇　　　　　　小毛驢編譯　120元
15. 黑色幽默短篇　　　　　　小毛驢編譯　120元
16. 靈異怪談　　　　　　　　小毛驢編譯　130元
17. 錯覺遊戲　　　　　　　　小毛驢編著　130元
18. 整人遊戲　　　　　　　　小毛驢編著　150元
19. 有趣的超常識　　　　　　柯素娥編譯　130元
20. 哦！原來如此　　　　　　林慶旺編譯　130元
21. 趣味競賽100種　　　　　劉名揚編譯　120元
22. 數學謎題入門　　　　　　宋釗宜編譯　150元
23. 數學謎題解析　　　　　　宋釗宜編譯　150元
24. 透視男女心理　　　　　　林慶旺編譯　120元
25. 少女情懷的自白　　　　　李桂蘭編譯　120元
26. 由兄弟姊妹看命運　　　　李玉瓊編譯　130元
27. 趣味的科學魔術　　　　　林慶旺編譯　150元
28. 趣味的心理實驗室　　　　李燕玲編譯　150元

29. 愛與性心理測驗　　　　　　　小毛驢編譯　　130元
30. 刑案推理解謎　　　　　　　　小毛驢編譯　　130元
31. 偵探常識推理　　　　　　　　小毛驢編譯　　130元
32. 偵探常識解謎　　　　　　　　小毛驢編譯　　130元
33. 偵探推理遊戲　　　　　　　　小毛驢編譯　　130元
34. 趣味的超魔術　　　　　　　　廖玉山編著　　150元
35. 趣味的珍奇發明　　　　　　　柯素娥編著　　150元
36. 登山用具與技巧　　　　　　　陳瑞菊編著　　150元
37. 性的漫談　　　　　　　　　　蘇燕謀編著　　180元
38. 無的漫談　　　　　　　　　　蘇燕謀編著　　180元
39. 黑色漫談　　　　　　　　　　蘇燕謀編著　　180元
40. 白色漫談　　　　　　　　　　蘇燕謀編著　　180元

## ・健 康 天 地・ 電腦編號 18

1.　壓力的預防與治療　　　　　　柯素娥編譯　　130元
2.　超科學氣的魔力　　　　　　　柯素娥編譯　　130元
3.　尿療法治病的神奇　　　　　　中尾良一著　　130元
4.　鐵證如山的尿療法奇蹟　　　　廖玉山譯　　　120元
5.　一日斷食健康法　　　　　　　葉慈容編譯　　150元
6.　胃部強健法　　　　　　　　　陳炳崑譯　　　120元
7.　癌症早期檢查法　　　　　　　廖松濤譯　　　160元
8.　老人痴呆症防止法　　　　　　柯素娥編譯　　130元
9.　松葉汁健康飲料　　　　　　　陳麗芬編譯　　130元
10. 揉肚臍健康法　　　　　　　　永井秋夫著　　150元
11. 過勞死、猝死的預防　　　　　卓秀貞編譯　　130元
12. 高血壓治療與飲食　　　　　　藤山順豐著　　150元
13. 老人看護指南　　　　　　　　柯素娥編譯　　150元
14. 美容外科淺談　　　　　　　　楊啟宏著　　　150元
15. 美容外科新境界　　　　　　　楊啟宏著　　　150元
16. 鹽是天然的醫生　　　　　　　西英司郎著　　140元
17. 年輕十歲不是夢　　　　　　　梁瑞麟譯　　　200元
18. 茶料理治百病　　　　　　　　桑野和民著　　180元
19. 綠茶治病寶典　　　　　　　　桑野和民著　　150元
20. 杜仲茶養顏減肥法　　　　　　西田博著　　　150元
21. 蜂膠驚人療效　　　　　　　　瀨長良三郎著　180元
22. 蜂膠治百病　　　　　　　　　瀨長良三郎著　180元
23. 醫藥與生活㈠　　　　　　　　鄭炳全著　　　180元
24. 鈣長生寶典　　　　　　　　　落合敏著　　　180元
25. 大蒜長生寶典　　　　　　　　木下繁太郎著　160元
26. 居家自我健康檢查　　　　　　石川恭三著　　160元
27. 永恆的健康人生　　　　　　　李秀鈴譯　　　200元
28. 大豆卵磷脂長生寶典　　　　　劉雪卿譯　　　150元
29. 芳香療法　　　　　　　　　　梁艾琳譯　　　160元

30. 醋長生寶典　　　　　　　　柯素娥譯　180元
31. 從星座透視健康　　　　　席拉・吉蒂斯著　180元
32. 愉悅自在保健學　　　　　　野本二士夫著　160元
33. 裸睡健康法　　　　　　　　丸山淳士等著　160元
34. 糖尿病預防與治療　　　　　藤田順豐著　180元
35. 維他命長生寶典　　　　　　菅原明子著　180元
36. 維他命 C 新效果　　　　　　鐘文訓編　150元
37. 手、腳病理按摩　　　　　　堤芳朗著　160元
38. AIDS 瞭解與預防　　　　　彼得塔歐爾著　180元
39. 甲殼質殼聚糖健康法　　　　沈永嘉譯　160元
40. 神經痛預防與治療　　　　　木下真男著　160元
41. 室內身體鍛鍊法　　　　　　陳炳崑編著　160元
42. 吃出健康藥膳　　　　　　　劉大器編著　180元
43. 自我指壓術　　　　　　　　蘇燕謀編著　160元
44. 紅蘿蔔汁斷食療法　　　　　李玉瓊編著　150元
45. 洗心術健康秘法　　　　　　竺翠萍編譯　170元
46. 枇杷葉健康療法　　　　　　柯素娥編譯　180元
47. 抗衰血癒　　　　　　　　　楊啟宏著　180元
48. 與癌搏鬥記　　　　　　　　逸見政孝著　180元
49. 冬蟲夏草長生寶典　　　　　高橋義博著　170元
50. 痔瘡・大腸疾病先端療法　　宮島伸宜著　180元
51. 膠布治癒頑固慢性病　　　　加瀨建造著　180元
52. 芝麻神奇健康法　　　　　　小林貞作著　170元
53. 香煙能防止癡呆？　　　　　高田明和著　180元
54. 穀菜食治癌療法　　　　　　佐藤成志著　180元
55. 貼藥健康法　　　　　　　　松原英多著　180元
56. 克服癌症調和道呼吸法　　　帶津良一著　180元
57. B 型肝炎預防與治療　　　　野村喜重郎著　180元
58. 青春永駐養生導引術　　　　早島正雄著　180元
59. 改變呼吸法創造健康　　　　原久子著　180元
60. 荷爾蒙平衡養生秘訣　　　　出村博著　180元
61. 水美肌健康法　　　　　　　井戶勝富著　170元
62. 認識食物掌握健康　　　　　廖梅珠編著　170元
63. 痛風劇痛消除法　　　　　　鈴木吉彥著　180元
64. 酸莖菌驚人療效　　　　　　上田明彥著　180元
65. 大豆卵磷脂治現代病　　　　神津健一著　200元
66. 時辰療法—危險時刻凌晨 4 時　呂建強等著　180元
67. 自然治癒力提升法　　　　　帶津良一著　180元
68. 巧妙的氣保健法　　　　　　藤平墨子著　180元
69. 治癒 C 型肝炎　　　　　　　熊田博光著　180元
70. 肝臟病預防與治療　　　　　劉名揚編著　180元
71. 腰痛平衡療法　　　　　　　荒井政信著　180元
72. 根治多汗症、狐臭　　　　　稻葉益巳著　220元
73. 40 歲以後的骨質疏鬆症　　　沈永嘉譯　180元

74. 認識中藥　　　　　　　　松下一成著　180元
75. 認識氣的科學　　　　　佐佐木茂美著　180元
76. 我戰勝了癌症　　　　　　　安田伸著　180元
77. 斑點是身心的危險信號　　　中野進著　180元
78. 艾波拉病毒大震撼　　　　玉川重德著　180元
79. 重新還我黑髮　　　　　桑名隆一郎著　180元
80. 身體節律與健康　　　　　　林博史著　180元
81. 生薑治萬病　　　　　　　石原結實著　180元
82. 靈芝治百病　　　　　　　陳瑞東著　180元
83. 木炭驚人的威力　　　　　　大槻彰著　200元
84. 認識活性氧　　　　　　　井土貴司著　180元
85. 深海鮫治百病　　　　　　廖玉山編著　180元
86. 神奇的蜂王乳　　　　　　井上丹治著　180元
87. 卡拉OK健腦法　　　　　　　東潔著　180元
88. 卡拉OK健康法　　　　　　福田伴男著　180元
89. 醫藥與生活㈡　　　　　　鄭炳全著　200元
90. 洋蔥治百病　　　　　　　宮尾興平著　180元
91. 年輕10歲快步健康法　　　石塚忠雄著　180元
92. 石榴的驚人神效　　　　　岡本順子著　180元
93. 飲料健康法　　　　　白鳥早奈英著　180元
94. 健康棒體操　　　　　　　劉名揚編譯　180元
95. 催眠健康法　　　　　　　蕭京凌編著　180元

## ・實用女性學講座・ 電腦編號 19

1. 解讀女性內心世界　　　　島田一男著　150元
2. 塑造成熟的女性　　　　　島田一男著　150元
3. 女性整體裝扮學　　　　　黃靜香編著　180元
4. 女性應對禮儀　　　　　　黃靜香編著　180元
5. 女性婚前必修　　　　　　小野十傳著　200元
6. 徹底瞭解女人　　　　　　田口二州著　180元
7. 拆穿女性謊言88招　　　　島田一男著　200元
8. 解讀女人心　　　　　　　島田一男著　200元
9. 俘獲女性絕招　　　　　　　志賀貢著　200元
10. 愛情的壓力解套　　　　中村理英子著　200元
11. 妳是人見人愛的女孩　　　廖松濤編著　200元

## ・校園系列・ 電腦編號 20

1. 讀書集中術　　　　　　　多湖輝著　150元
2. 應考的訣竅　　　　　　　多湖輝著　150元
3. 輕鬆讀書贏得聯考　　　　多湖輝著　150元
4. 讀書記憶秘訣　　　　　　多湖輝著　150元

| 5. 視力恢復！超速讀術 | 江錦雲譯 | 180元 |
| 6. 讀書36計 | 黃柏松編著 | 180元 |
| 7. 驚人的速讀術 | 鐘文訓編著 | 170元 |
| 8. 學生課業輔導良方 | 多湖輝著 | 180元 |
| 9. 超速讀超記憶法 | 廖松濤編著 | 180元 |
| 10. 速算解題技巧 | 宋釗宜編著 | 200元 |
| 11. 看圖學英文 | 陳炳崑編著 | 200元 |
| 12. 讓孩子最喜歡數學 | 沈永嘉譯 | 180元 |
| 13. 催眠記憶術 | 林碧清譯 | 180元 |

## ・實用心理學講座・ 電腦編號21

| 1. 拆穿欺騙伎倆 | 多湖輝著 | 140元 |
| 2. 創造好構想 | 多湖輝著 | 140元 |
| 3. 面對面心理術 | 多湖輝著 | 160元 |
| 4. 偽裝心理術 | 多湖輝著 | 140元 |
| 5. 透視人性弱點 | 多湖輝著 | 140元 |
| 6. 自我表現術 | 多湖輝著 | 180元 |
| 7. 不可思議的人性心理 | 多湖輝著 | 180元 |
| 8. 催眠術入門 | 多湖輝著 | 150元 |
| 9. 責罵部屬的藝術 | 多湖輝著 | 150元 |
| 10. 精神力 | 多湖輝著 | 150元 |
| 11. 厚黑說服術 | 多湖輝著 | 150元 |
| 12. 集中力 | 多湖輝著 | 150元 |
| 13. 構想力 | 多湖輝著 | 150元 |
| 14. 深層心理術 | 多湖輝著 | 160元 |
| 15. 深層語言術 | 多湖輝著 | 160元 |
| 16. 深層說服術 | 多湖輝著 | 180元 |
| 17. 掌握潛在心理 | 多湖輝著 | 160元 |
| 18. 洞悉心理陷阱 | 多湖輝著 | 180元 |
| 19. 解讀金錢心理 | 多湖輝著 | 180元 |
| 20. 拆穿語言圈套 | 多湖輝著 | 180元 |
| 21. 語言的內心玄機 | 多湖輝著 | 180元 |
| 22. 積極力 | 多湖輝著 | 180元 |

## ・超現實心理講座・ 電腦編號22

| 1. 超意識覺醒法 | 詹蔚芬編譯 | 130元 |
| 2. 護摩秘法與人生 | 劉名揚編譯 | 130元 |
| 3. 秘法！超級仙術入門 | 陸明譯 | 150元 |
| 4. 給地球人的訊息 | 柯素娥編著 | 150元 |
| 5. 密教的神通力 | 劉名揚編著 | 130元 |
| 6. 神秘奇妙的世界 | 平川陽一著 | 200元 |

| | | |
|---|---|---|
| 7. 地球文明的超革命 | 吳秋嬌譯 | 200元 |
| 8. 力量石的秘密 | 吳秋嬌譯 | 180元 |
| 9. 超能力的靈異世界 | 馬小莉譯 | 200元 |
| 10. 逃離地球毀滅的命運 | 吳秋嬌譯 | 200元 |
| 11. 宇宙與地球終結之謎 | 南山宏著 | 200元 |
| 12. 驚世奇功揭秘 | 傅起鳳著 | 200元 |
| 13. 啟發身心潛力心象訓練法 | 栗田昌裕著 | 180元 |
| 14. 仙道術遁甲法 | 高藤聰一郎著 | 220元 |
| 15. 神通力的秘密 | 中岡俊哉著 | 180元 |
| 16. 仙人成仙術 | 高藤聰一郎著 | 200元 |
| 17. 仙道符咒氣功法 | 高藤聰一郎著 | 220元 |
| 18. 仙道風水術尋龍法 | 高藤聰一郎著 | 200元 |
| 19. 仙道奇蹟超幻像 | 高藤聰一郎著 | 200元 |
| 20. 仙道鍊金術房中法 | 高藤聰一郎著 | 200元 |
| 21. 奇蹟超醫療治癒難病 | 深野一幸著 | 220元 |
| 22. 揭開月球的神秘力量 | 超科學研究會 | 180元 |
| 23. 西藏密教奧義 | 高藤聰一郎著 | 250元 |
| 24. 改變你的夢術入門 | 高藤聰一郎著 | 250元 |

## ·養生保健· 電腦編號 23

| | | |
|---|---|---|
| 1. 醫療養生氣功 | 黃孝寬著 | 250元 |
| 2. 中國氣功圖譜 | 余功保著 | 230元 |
| 3. 少林醫療氣功精粹 | 井玉蘭著 | 250元 |
| 4. 龍形實用氣功 | 吳大才等著 | 220元 |
| 5. 魚戲增視強身氣功 | 宮嬰著 | 220元 |
| 6. 嚴新氣功 | 前新培金著 | 250元 |
| 7. 道家玄牝氣功 | 張章著 | 200元 |
| 8. 仙家秘傳袪病功 | 李遠國著 | 160元 |
| 9. 少林十大健身功 | 秦慶豐著 | 180元 |
| 10. 中國自控氣功 | 張明武著 | 250元 |
| 11. 醫療防癌氣功 | 黃孝寬著 | 250元 |
| 12. 醫療強身氣功 | 黃孝寬著 | 250元 |
| 13. 醫療點穴氣功 | 黃孝寬著 | 250元 |
| 14. 中國八卦如意功 | 趙維漢著 | 180元 |
| 15. 正宗馬禮堂養氣功 | 馬禮堂著 | 420元 |
| 16. 秘傳道家筋經內丹功 | 王慶餘著 | 280元 |
| 17. 三元開慧功 | 辛桂林著 | 250元 |
| 18. 防癌治癌新氣功 | 郭林著 | 180元 |
| 19. 禪定與佛家氣功修煉 | 劉天君著 | 200元 |
| 20. 顛倒之術 | 梅自強著 | 360元 |
| 21. 簡明氣功辭典 | 吳家駿編 | 360元 |
| 22. 八卦三合功 | 張全亮著 | 230元 |
| 23. 朱砂掌健身養生功 | 楊永著 | 250元 |

| | | | |
|---|---|---|---|
| 24. 抗老功 | | 陳九鶴著 | 230 元 |
| 25. 意氣按穴排濁自療法 | | 黃啟運編著 | 250 元 |
| 26. 陳式太極拳養生功 | | 陳正雷著 | 200 元 |
| 27. 健身祛病小功法 | | 王培生著 | 200 元 |

## ・社會人智囊・電腦編號 24

| | | | |
|---|---|---|---|
| 1. | 糾紛談判術 | 清水增三著 | 160 元 |
| 2. | 創造關鍵術 | 淺野八郎著 | 150 元 |
| 3. | 觀人術 | 淺野八郎著 | 180 元 |
| 4. | 應急詭辯術 | 廖英迪編著 | 160 元 |
| 5. | 天才家學習術 | 木原武一著 | 160 元 |
| 6. | 貓型狗式鑑人術 | 淺野八郎著 | 180 元 |
| 7. | 逆轉運掌握術 | 淺野八郎著 | 180 元 |
| 8. | 人際圓融術 | 澀谷昌三著 | 160 元 |
| 9. | 解讀人心術 | 淺野八郎著 | 180 元 |
| 10. | 與上司水乳交融術 | 秋元隆司著 | 180 元 |
| 11. | 男女心態定律 | 小田晉著 | 180 元 |
| 12. | 幽默說話術 | 林振輝編著 | 200 元 |
| 13. | 人能信賴幾分 | 淺野八郎著 | 180 元 |
| 14. | 我一定能成功 | 李玉瓊譯 | 180 元 |
| 15. | 獻給青年的嘉言 | 陳蒼杰譯 | 180 元 |
| 16. | 知人、知面、知其心 | 林振輝編著 | 180 元 |
| 17. | 塑造堅強的個性 | 坂上肇著 | 180 元 |
| 18. | 為自己而活 | 佐藤綾子著 | 180 元 |
| 19. | 未來十年與愉快生活有約 | 船井幸雄著 | 180 元 |
| 20. | 超級銷售話術 | 杜秀卿譯 | 180 元 |
| 21. | 感性培育術 | 黃靜香編著 | 180 元 |
| 22. | 公司新鮮人的禮儀規範 | 蔡媛惠譯 | 180 元 |
| 23. | 傑出職員鍛鍊術 | 佐佐木正著 | 180 元 |
| 24. | 面談獲勝戰略 | 李芳黛譯 | 180 元 |
| 25. | 金玉良言撼人心 | 森純大著 | 180 元 |
| 26. | 男女幽默趣典 | 劉華亭編著 | 180 元 |
| 27. | 機智說話術 | 劉華亭編著 | 180 元 |
| 28. | 心理諮商室 | 柯素娥譯 | 180 元 |
| 29. | 如何在公司崢嶸頭角 | 佐佐木正著 | 180 元 |
| 30. | 機智應對術 | 李玉瓊編著 | 200 元 |
| 31. | 克服低潮良方 | 坂野雄二著 | 180 元 |
| 32. | 智慧型說話技巧 | 沈永嘉編著 | 180 元 |
| 33. | 記憶力、集中力增進術 | 廖松濤編著 | 180 元 |
| 34. | 女職員培育術 | 林慶旺編著 | 180 元 |
| 35. | 自我介紹與社交禮儀 | 柯素娥編著 | 180 元 |
| 36. | 積極生活創幸福 | 田中真澄著 | 180 元 |
| 37. | 妙點子超構想 | 多湖輝著 | 180 元 |

| | | | |
|---|---|---|---|
| 38. | 說 NO 的技巧 | 廖玉山編著 | 180 元 |
| 39. | 一流說服力 | 李玉瓊編著 | 180 元 |
| 40. | 般若心經成功哲學 | 陳鴻蘭編著 | 180 元 |
| 41. | 訪問推銷術 | 黃靜香編著 | 180 元 |
| 42. | 男性成功秘訣 | 陳蒼杰編著 | 180 元 |
| 43. | 笑容、人際智商 | 宮川澄子著 | 180 元 |
| 44. | 多湖輝的構想工作室 | 多湖輝著 | 200 元 |
| 45. | 名人名語啟示錄 | 喬家楓著 | 180 元 |

## ·精 選 系 列· 電腦編號 25

| | | | |
|---|---|---|---|
| 1. | 毛澤東與鄧小平 | 渡邊利夫等著 | 280 元 |
| 2. | 中國大崩裂 | 江戶介雄著 | 180 元 |
| 3. | 台灣·亞洲奇蹟 | 上村幸治著 | 220 元 |
| 4. | 7-ELEVEN 高盈收策略 | 國友隆一著 | 180 元 |
| 5. | 台灣獨立（新·中國日本戰爭一） | 森詠著 | 200 元 |
| 6. | 迷失中國的末路 | 江戶雄介著 | 220 元 |
| 7. | 2000 年 5 月全世界毀滅 | 紫藤甲子男著 | 180 元 |
| 8. | 失去鄧小平的中國 | 小島朋之著 | 220 元 |
| 9. | 世界史爭議性異人傳 | 桐生操著 | 200 元 |
| 10. | 淨化心靈享人生 | 松濤弘道著 | 220 元 |
| 11. | 人生心情診斷 | 賴藤和寬著 | 220 元 |
| 12. | 中美大決戰 | 檜山良昭著 | 220 元 |
| 13. | 黃昏帝國美國 | 莊雯琳譯 | 220 元 |
| 14. | 兩岸衝突（新·中國日本戰爭二） | 森詠著 | 220 元 |
| 15. | 封鎖台灣（新·中國日本戰爭三） | 森詠著 | 220 元 |
| 16. | 中國分裂（新·中國日本戰爭四） | 森詠著 | 220 元 |
| 17. | 由女變男的我 | 虎井正衛著 | 200 元 |
| 18. | 佛學的安心立命 | 松濤弘道著 | 220 元 |
| 19. | 世界喪禮大觀 | 松濤弘道著 | 280 元 |

## ·運 動 遊 戲· 電腦編號 26

| | | | |
|---|---|---|---|
| 1. | 雙人運動 | 李玉瓊譯 | 160 元 |
| 2. | 愉快的跳繩運動 | 廖玉山譯 | 180 元 |
| 3. | 運動會項目精選 | 王佑京譯 | 150 元 |
| 4. | 肋木運動 | 廖玉山譯 | 150 元 |
| 5. | 測力運動 | 王佑宗譯 | 150 元 |
| 6. | 游泳入門 | 唐桂萍編著 | 200 元 |

## ·休 閒 娛 樂· 電腦編號 27

| | | | |
|---|---|---|---|
| 1. | 海水魚飼養法 | 田中智浩著 | 300 元 |

2. 金魚飼養法　　　　　　　　　　曾雪玫譯　250 元
3. 熱門海水魚　　　　　　　　　　毛利匡明著　480 元
4. 愛犬的教養與訓練　　　　　　　池田好雄著　250 元
5. 狗教養與疾病　　　　　　　　　杉浦哲著　220 元
6. 小動物養育技巧　　　　　　　　三上昇著　300 元
20.園藝植物管理　　　　　　　　　船越亮二著　220 元

## ・銀髮族智慧學・ 電腦編號 28

1. 銀髮六十樂逍遙　　　　　　　　多湖輝著　170 元
2. 人生六十反年輕　　　　　　　　多湖輝著　170 元
3. 六十歲的決斷　　　　　　　　　多湖輝著　170 元
4. 銀髮族健身指南　　　　　　　　孫瑞台編著　250 元

## ・飲 食 保 健・ 電腦編號 29

1. 自己製作健康茶　　　　　　　　大海淳著　220 元
2. 好吃、具藥效茶料理　　　　　　德永睦子著　220 元
3. 改善慢性病健康藥草茶　　　　　吳秋嬌譯　200 元
4. 藥酒與健康果菜汁　　　　　　　成玉編著　250 元
5. 家庭保健養生湯　　　　　　　　馬汴梁編著　220 元
6. 降低膽固醇的飲食　　　　　　　早川和志著　200 元
7. 女性癌症的飲食　　　　　　　　女子營養大學　280 元
8. 痛風者的飲食　　　　　　　　　女子營養大學　280 元
9. 貧血者的飲食　　　　　　　　　女子營養大學　280 元
10. 高脂血症者的飲食　　　　　　　女子營養大學　280 元
11. 男性癌症的飲食　　　　　　　　女子營養大學　280 元
12. 過敏者的飲食　　　　　　　　　女子營養大學　280 元
13. 心臟病的飲食　　　　　　　　　女子營養大學　280 元
14. 滋陰壯陽的飲食　　　　　　　　王增著　220 元

## ・家庭醫學保健・ 電腦編號 30

1. 女性醫學大全　　　　　　　　　雨森良彥著　380 元
2. 初為人父育兒寶典　　　　　　　小瀧周曹著　220 元
3. 性活力強健法　　　　　　　　　相建華著　220 元
4. 30 歲以上的懷孕與生產　　　　　李芳黛編著　220 元
5. 舒適的女性更年期　　　　　　　野末悅子著　200 元
6. 夫妻前戲的技巧　　　　　　　　笠井寬司著　200 元
7. 病理足穴按摩　　　　　　　　　金慧明著　220 元
8. 爸爸的更年期　　　　　　　　　河野孝旺著　200 元
9. 橡皮帶健康法　　　　　　　　　山田晶著　180 元
10.三十三天健美減肥　　　　　　　相建華等著　180 元

11. 男性健美入門　　　　　　　　孫玉祿編著　　180元
12. 強化肝臟秘訣　　　　　　　　主婦の友社編　200元
13. 了解藥物副作用　　　　　　　張果馨譯　　　200元
14. 女性醫學小百科　　　　　　　松山榮吉著　　200元
15. 左轉健康法　　　　　　　　　龜田修等著　　200元
16. 實用天然藥物　　　　　　　　鄭炳全編著　　260元
17. 神秘無痛平衡療法　　　　　　林宗駛著　　　180元
18. 膝蓋健康法　　　　　　　　　張果馨譯　　　180元
19. 針灸治百病　　　　　　　　　葛書翰著　　　250元
20. 異位性皮膚炎治癒法　　　　　吳秋嬌譯　　　220元
21. 禿髮白髮預防與治療　　　　　陳炳崑編著　　180元
22. 埃及皇宮菜健康法　　　　　　飯森薰著　　　200元
23. 肝臟病安心治療　　　　　　　上野幸久著　　220元
24. 耳穴治百病　　　　　　　　　陳抗美等著　　250元
25. 高效果指壓法　　　　　　　　五十嵐康彥著　200元
26. 瘦水、胖水　　　　　　　　　鈴木園子著　　200元
27. 手針新療法　　　　　　　　　朱振華著　　　200元
28. 香港腳預防與治療　　　　　　劉小惠譯　　　200元
29. 智慧飲食吃出健康　　　　　　柯富陽編著　　200元
30. 牙齒保健法　　　　　　　　　廖玉山編著　　200元
31. 恢復元氣養生食　　　　　　　張果馨譯　　　200元
32. 特效推拿按摩術　　　　　　　李玉田著　　　200元
33. 一週一次健康法　　　　　　　若狹真著　　　200元
34. 家常科學膳食　　　　　　　　大塚滋著　　　220元
35. 夫妻們關心的男性不孕　　　　原利夫著　　　220元
36. 自我瘦身美容　　　　　　　　馬野詠子著　　200元
37. 魔法姿勢益健康　　　　　　　五十嵐康彥著　200元
38. 眼病錘療法　　　　　　　　　馬栩周著　　　200元
39. 預防骨質疏鬆症　　　　　　　藤田拓男著　　200元
40. 骨質增生效驗方　　　　　　　李吉茂編著　　250元
41. 蕺菜健康法　　　　　　　　　小林正夫著　　200元
42. 頼於啟齒的男性煩惱　　　　　增田豐著　　　220元
43. 簡易自我健康檢查　　　　　　稻葉允著　　　250元
44. 實用花草健康法　　　　　　　友田純子著　　200元
45. 神奇的手掌療法　　　　　　　日比野喬著　　230元
46. 家庭式三大穴道療法　　　　　刑部忠和著　　200元
47. 子宮癌、卵巢癌　　　　　　　岡島弘幸著　　220元
48. 糖尿病機能性食品　　　　　　劉雪卿編著　　220元
49. 活現經脈美容法奇蹟　　　　　林振輝編譯　　200元
50. Super　SEX　　　　　　　　　秋好憲一著　　220元
51. 了解避孕丸　　　　　　　　　林玉佩譯　　　200元

## ·超經營新智慧· 電腦編號 31

| | | | |
|---|---|---|---|
| 1. | 躍動的國家越南 | 林雅倩譯 | 250 元 |
| 2. | 甦醒的小龍菲律賓 | 林雅倩譯 | 220 元 |
| 3. | 中國的危機與商機 | 中江要介著 | 250 元 |
| 4. | 在印度的成功智慧 | 山內利男著 | 220 元 |
| 5. | 7-ELEVEN 大革命 | 村上豐道著 | 200 元 |
| 6. | 業務員成功秘方 | 呂育清編著 | 200 元 |

## ·心 靈 雅 集· 電腦編號 00

| | | | |
|---|---|---|---|
| 1. | 禪言佛語看人生 | 松濤弘道著 | 180 元 |
| 2. | 禪密教的奧秘 | 葉逯謙譯 | 120 元 |
| 3. | 觀音大法力 | 田口日勝著 | 120 元 |
| 4. | 觀音法力的大功德 | 田口日勝著 | 120 元 |
| 5. | 達摩禪 106 智慧 | 劉華亭編譯 | 220 元 |
| 6. | 有趣的佛教研究 | 葉逯謙編譯 | 170 元 |
| 7. | 夢的開運法 | 蕭京凌譯 | 130 元 |
| 8. | 禪學智慧 | 柯素娥編譯 | 130 元 |
| 9. | 女性佛教入門 | 許俐萍譯 | 110 元 |
| 10. | 佛像小百科 | 心靈雅集編譯組 | 130 元 |
| 11. | 佛教小百科趣談 | 心靈雅集編譯組 | 120 元 |
| 12. | 佛教小百科漫談 | 心靈雅集編譯組 | 150 元 |
| 13. | 佛教知識小百科 | 心靈雅集編譯組 | 150 元 |
| 14. | 佛學名言智慧 | 松濤弘道著 | 220 元 |
| 15. | 釋迦名言智慧 | 松濤弘道著 | 220 元 |
| 16. | 活人禪 | 平田精耕著 | 120 元 |
| 17. | 坐禪入門 | 柯素娥編譯 | 150 元 |
| 18. | 現代禪悟 | 柯素娥編譯 | 130 元 |
| 19. | 道元禪師語錄 | 心靈雅集編譯組 | 130 元 |
| 20. | 佛學經典指南 | 心靈雅集編譯組 | 130 元 |
| 21. | 何謂「生」阿含經 | 心靈雅集編譯組 | 150 元 |
| 22. | 一切皆空 般若心經 | 心靈雅集編譯組 | 180 元 |
| 23. | 超越迷惘 法句經 | 心靈雅集編譯組 | 130 元 |
| 24. | 開拓宇宙觀 華嚴經 | 心靈雅集編譯組 | 180 元 |
| 25. | 真實之道 法華經 | 心靈雅集編譯組 | 130 元 |
| 26. | 自由自在 涅槃經 | 心靈雅集編譯組 | 130 元 |
| 27. | 沈默的教示 維摩經 | 心靈雅集編譯組 | 150 元 |
| 28. | 開通心眼 佛語佛戒 | 心靈雅集編譯組 | 130 元 |
| 29. | 揭秘寶庫 密教經典 | 心靈雅集編譯組 | 180 元 |
| 30. | 坐禪與養生 | 廖松濤譯 | 110 元 |
| 31. | 釋尊十戒 | 柯素娥編譯 | 120 元 |
| 32. | 佛法與神通 | 劉欣如編著 | 120 元 |

33. 悟 (正法眼藏的世界)　　　　柯素娥編譯　120元
34. 只管打坐　　　　　　　　　劉欣如編著　120元
35. 喬答摩・佛陀傳　　　　　　劉欣如編著　120元
36. 唐玄奘留學記　　　　　　　劉欣如編著　120元
37. 佛教的人生觀　　　　　　　劉欣如編譯　110元
38. 無門關(上卷)　　　　　心靈雅集編譯組　150元
39. 無門關(下卷)　　　　　心靈雅集編譯組　150元
40. 業的思想　　　　　　　　　劉欣如編著　130元
41. 佛法難學嗎　　　　　　　　劉欣如著　140元
42. 佛法實用嗎　　　　　　　　劉欣如著　140元
43. 佛法殊勝嗎　　　　　　　　劉欣如著　140元
44. 因果報應法則　　　　　　　李常傳編　180元
45. 佛教醫學的奧秘　　　　　　劉欣如編著　150元
46. 紅塵絕唱　　　　　　　　　海　若著　130元
47. 佛教生活風情　　　　洪丕謨、姜玉珍著　220元
48. 行住坐臥有佛法　　　　　　劉欣如著　160元
49. 起心動念是佛法　　　　　　劉欣如著　160元
50. 四字禪語　　　　　　　　曹洞宗青年會　200元
51. 妙法蓮華經　　　　　　　　劉欣如編著　160元
52. 根本佛教與大乘佛教　　　　葉作森編　180元
53. 大乘佛經　　　　　　　　　定方晟著　180元
54. 須彌山與極樂世界　　　　　定方晟著　180元
55. 阿闍世的悟道　　　　　　　定方晟著　180元
56. 金剛經的生活智慧　　　　　劉欣如著　180元
57. 佛教與儒教　　　　　　　　劉欣如編譯　180元
58. 佛教史入門　　　　　　　　劉欣如編譯　180元
59. 印度佛教思想史　　　　　　劉欣如編譯　200元
60. 佛教與女姓　　　　　　　　劉欣如編譯　180元
61. 禪與人生　　　　　　　　　洪丕謨主編　260元

## ・經營管理・電腦編號01

◎ 創新經營管理六十六大計(精)　蔡弘文編　780元
1. 如何獲取生意情報　　　　　蘇燕謀譯　110元
2. 經濟常識問答　　　　　　　蘇燕謀譯　130元
4. 台灣商戰風雲錄　　　　　　陳中雄著　120元
5. 推銷大王秘錄　　　　　　　原一平著　180元
6. 新創意・賺大錢　　　　　　王家成譯　90元
7. 工廠管理新手法　　　　　　琪　輝著　120元
10. 美國實業24小時　　　　　　柯順隆譯　80元
11. 撼動人心的推銷法　　　　　原一平著　150元
12. 高竿經營法　　　　　　　　蔡弘文編　120元
13. 如何掌握顧客　　　　　　　柯順隆譯　150元
17. 一流的管理　　　　　　　　蔡弘文編　150元

國家圖書館出版品預行編目資料

虛擬實境　英語速成／王嘉明著
－初版－臺北市，大展，民88
面；21公分－（語文特輯；21）
ISBN 957-557-893-7（平裝）
1. 英國語音 － 會話

805.188　　　　　　　　　　　　87015431

【 版權所有・翻印必究 】

## 虛擬實境　英語速成　　ISBN 957-557-893-7

編 著 者／王　嘉　明
發 行 人／蔡　森　明
出 版 者／大展出版社有限公司
社　　址／台北市北投區（石牌）致遠一路2段12巷1號
電　　話／(02) 28236031・28236033
傳　　真／(02) 28272069
郵政劃撥／0166955—1
登 記 證／局版臺業字第2171號
承 印 者／高星企業有限公司
裝　　訂／日新裝訂所
排 版 者／千兵企業有限公司
電　　話／(02) 28812643
初版1刷／1999年（民88年）2月

定　　價／180元